修订版

日用之道

中国人的器物与生活样式

高一强
姜立

著

九州出版社
JIUZHOUPRESS 全国百佳图书出版单位

图书在版编目（CIP）数据

日用之道 / 高一强，姜立著. -- 北京 : 九州出版社, 2024.9. -- ISBN 978-7-5225-3203-5
Ⅰ．I267

中国国家版本馆CIP数据核字第20247UZ011号

日用之道

作　　者	高一强　姜　立　著
选题策划	于善伟　毛俊宁
责任编辑	毛俊宁
封面设计	吕彦秋
出版发行	九州出版社
地　　址	北京市西城区阜外大街甲35号（100037）
发行电话	（010）68992190/3/5/6
网　　址	www.jiuzhoupress.com
印　　刷	鑫艺佳利（天津）印刷有限公司
开　　本	880毫米×1230毫米　32开
印　　张	9.75
字　　数	210千字
版　　次	2024年10月第1版
印　　次	2024年10月第1次印刷
书　　号	ISBN 978-7-5225-3203-5
定　　价	88.00元

★ 版权所有　侵权必究 ★

始终有种看不见的东西胶着在我们和器物之间。

每次与怦然心动的器物相遇,

那种东西都好像之前在某个时间,某个地方触碰到过,

这种触碰的感觉,

不仅仅是来自肢体,也来自内心。

器物的美,

是造物者和使用者在时间的刻度下,

在沉默中产生的惺惺相惜。

再版说明

罗伯特·沙雷尔在《考古学：发现我们的过去》里写过："考古学更深层次的魅力，在于它可以通过审视人类的过去，来回答有关我们自身和社会的问题。"

在某种意义上，过去是虚无的，因为过去在我们的概念中，它似乎早已经流逝，变得不能被触碰，不能被再现了；而它又是实在的，因为过去在器物上留下了所有看得见和看不见的痕迹，让我们看到了在时间和空间的不断转换中，事物的形成和发展的规律，看到了一个完整的事物在社会和文化变换中，不断构建和发展的路径。归根结底，过去完成了和现在之间的动态联系，将一切联系在一起，完成了一次次的文化循环。它将各种记忆、实践和知识的形成过程联系在一起，展现出某种可能性和有限性的共同的人类生活形式，让我们看到过去、现在与美好未来愿景之间的模型关系，同时，也为我们的现在和未来，提供了想象的基础和模型。

这也是我们写《日用之道》这本书的基础逻辑。作为与人共处而构成整个世界的器物，是它们将我们与这个世界彼此联系了起来，它们映射出了所有的过去，也让我们在它们的身上看到了照映出的所有的未来。我们尝试从某时开始，从某种生活方式的产生或隐退进入，记录了关于中国人的日用器物的观察和思考，也记录了我们从探寻人与器物的关系与学问，到发现中国人的行为和文化的基本结构，并基于此，从人的最基本的知觉心理角度出发，推演出一种适合我们的研究方法的整个思考过程。

五年前，我们有幸出版了《日用之道》这本书，它不仅是一次关于日用器物与生活哲学的探索，更是一次我们深入共同的文化记忆与日常生活的旅行。这本书的出版，不仅是我们学术探索的里程碑，也是与读者通过日常生活的器物完成的一次对话。虽然，在《日用之道》问世的时候，我们心怀憧憬，但内心也充满了一丝不安，毕竟，那是我们第一次尝试将自己的想法和经验融入书中，并与读者们分享的过程。还好，我们收到了很多读者的反馈和建议，听到了他们分享的故事和感悟，也感受到了他们的支持和鼓励，这些都成为我们继续研究和写作的动力和源泉。

在过去的五年里，我们继续研究和写作，试图进一步深化和扩展《日用之道》中提出的逻辑和概念，终于将部分成果汇集成了第二本书《发现日用》。这本书不仅延续了《日用之道》的理念和精神，而且在内容和主题上有了全新的探索和发现，也是对其主题和思想的深入探讨。当初写《日用之道》的时候，应该是我们通过日常器物走近中国人的行为和文化的基本结构的第一步。而到了写《发现日用》的时候，我们则更希望在日常生活中，看见看不见的日常，发现平凡中的非凡。通过日常生活中的各种物品，来思考它们如何影响我们的认知和行为，从而发现这些平凡事物背后那个非凡的世界。某种程度上，这不仅是一次对

物质文化的探索，也是对日常生活方式的一次反思。

五年的时间，既是历史的一瞬，也是个体生命中重要的篇章。随着社会的发展和生活方式的变化，我们对日用器物的认识和理解也在不断演进。很多时候，我们都在想，是否会有机会对《日用之道》重新整理与扩充，这样，不仅能让读者重新感受到貌似平常的生活背后的意义，更重要的是，能够让读者发现那个隐藏着一个由无数事物构成的微妙而复杂的世界。

《发现日用》的出版，给我们带来一个重新审视《日用之道》这本书，并将其修订、扩充，再次出版的完美时机。这次再版中，我们对书中的内容进行了全面地审查和更新，希望它能呈现出我们最新的研究成果和我们对生活方式的理解和认知。我们并不仅对内容进行了修订和更新，还对书籍的形式和结构进行了重新调整和设计。在保持原书核心观点和结构的基础上，我们对一些章节进行了更新，以反映文化和社会领域的新发展。同时也新增了一些案例研究，这些案例进一步阐释了书中的理论，并提供了更具体的实践应用。我们也对书籍的设计和排版进行了改进，以确保它能够继续为读者提供启发和价值，以及更舒适的阅读体验。

感谢所有支持和喜爱《日用之道》的读者，没有你们对《日用之道》的支持和厚爱，这一切都不可能实现。记得在《日用之道》的序言里，我们写下了"深话浅说，长路慢行"这句话，的确，所有探索的路，一定是漫长的，这种漫长，有着所有一切的未知带来的迷茫和痛苦，但也一定会有那藏在未知后面的，让你能继续走下去的那一点点亮光。

  我们的研究和写作还会继续，虽然路一定很远，一定很长。我们也愿意继续分享我们的迷茫和走出迷茫的那种快乐，分享我们所能看到的值得珍惜的一个个日常，以及它们生长出的世界。

高一强　姜立

2024 年 4 月 19 日

序

To 装 Not To 装

洪晃　媒体人、作家

活在当下，不装是肯定不行的。问题是装得像不像。

偶尔会订一个高级西餐厅请客，当点了葡萄酒以后，服务生总是倒一小口酒递给我，让我尝酒。那时候我特别想笑，就像小孩要装大人时会笑场一样。我心想我哪里懂这些，但是每次都装成很懂的样子把鼻子伸进酒杯先闻一下，再把酒杯放下，晃荡几下，然后满意地向服务生点点头。

本来我还想解释一下，我其实不是完全不懂，毕竟嫁了法国人，还是有点基础的。但是说白了就是半瓶子醋在瞎晃悠，归根结底，还是在装。有时候，我特别想装个大发的，尝完了酒说：拿回去！敢拿这种下流货品来糊弄老娘我！然后看服务生是挑战我，还是乖乖再给我开一瓶。

但是从来没胆量去尝试退酒，怕万一碰到高人怎么办？

装，已经是我们必须掌握的生活技巧，因为大家都在追求时尚，而时尚是舶来的，就像红酒一样，千里迢迢，跨过半个世界运来的。之所以装是必要的，因为我们日常用品中，太多物件的文化根基不在中国，我们只知其然，不知其所以然。这也是为什么在我们享受这些物质的时候，价格越高，装的力度越高，而为高价而装的人也就越多。

记得很多年前，在纽约有个富人，他是当时大陆移民中最有钱的，也是最能装的。我们当时都没钱旅游，他有。每次他去欧洲回来，都要炫耀一番，而当你问他欧洲到底好在哪里？他总是回答："大好，有文化就是大好！"但是我从来没听他说过任何细节，也没有什么故事。只是"大好"而已。

《日用之道》对我们生活最有意义的就是回归到中国文化中去寻找时尚的感觉。让传统文化汇入当代生活，这是我很喜欢的话题。我最喜欢书里通过一个日用品把我们带入中国文化的文章，印象尤其深刻的是那篇《凉白开》，我也是喝凉白开长大的，我家用的是一个铜壶，每次外面疯玩回来就对嘴从铜壶里喝凉白开。每次都会挨骂。我最喜欢的哲学家是英国人罗素，他曾经写过一篇小文讲杏。他说他自己吃杏的快乐来源于他知道这是一个从中国传到欧洲的水果，到欧洲的第一站是意大利，被命名为 Precoca，但是当杏传到英国的时候，名字走样了，变成 Apricot。罗素说这种小知识不会影响杏的价格，可以说没有任何用，但是不知道为什么，这个小知识让他每年夏天吃杏的时候多了一份享受。

这就是中国人老祖宗说的格物致知。

《日用之道》的每一个小故事都可以让你生活中最普通的物件给你带来更多的快乐，就像罗素吃杏似的。作者也做了一个同名的商店，我想象书里出现的超薄凉白开壶什么的，都会在"日用之道"的店里出现吧。如果真的有，我肯定是第一个掏钱买壶的人。

序

小道理和大道理

苏丹　中国工艺美术馆副馆长、
清华大学美术学院教授（兼）博士生导师

为人所爱的物品之上总有厚厚的包浆，这是长期打量、琢磨的结果。包浆是透明的，是人和物"耳鬓厮磨"后留下的印记，体现了人与物的友爱。而包浆的出现非但没有削弱物品本身的表现性，反而进一步突出了它、解释了它，尤其是它和人的关系。只言片语的论述也有这样的功效，它看似散漫随意，但是当这种论述和感悟成为一种恒定的行为时，包浆就会出现。此时包浆具有一种透视的意义，如铁壁上的猫眼贯通了相互隔离的空间，如显微镜穿透了表象去洞见本质。于是乎，书写或阅读间悠然心会、妙处难与君说。

作者谈日用物品，这首先是个时间概念，和生命长度的形态有关。生命的形态总是通过载体来显现。自由的、从容的、优雅的、抑或躁动的，这些状态会通过人对器物的选择以及器物的形态来表现。因为器物形状的明确，对生命的描述似乎就有了一些明确感。而高一强毕竟不是一个文学家，也不是一个禅师，他在从事和造物相关的设计研究，因此"醉翁之意不在酒，在乎山水之间"，他数落物品也不是为了谈人而是为了探讨如何造物的问题。他谈论整体，却从细微之事着眼、精微之物入手，细细道来。用那些暖心的话照亮无数静卧于历史尘垢之中的造作，让它们重见天日并反射人们所投射的目光，微微刺痛我们迷茫的眼睛。

作者谈物论道还是一个空间概念，因为文学性的散论就是不停地说三道四，围绕着对象不断地解说它存在的环境、自然的因素、社会的因素、文化的因素、制造的能力、场所的因素等等。

这样的描述如同盲人摸象，实际上是将一个个尘封之下具体的物品还原于一个个鲜活的、具体的空间中。普通之物大都出于无名之辈的巧匠之手，就更可以认为是环境或空间的产物了。

或者我们也可以这样认为，那些历久弥新的东西实际上也是经历环境考验的、筛选过的东西。要知道过这一道关并非易事，因为环境是一套非常缜密的过滤系统，一个神奇的命题者。人类所有的困顿都来自环境，人类所有的创造性表现也来自对这些问题的解答。同时环境还会不动声色地进行评判，再和时间一起谋杀这些"创造"。作者对每一个器物的赞美其实都带有几分悲壮、一丝侥幸，令我不寒而栗。

"道可道，非常道"，每一个人论道的方式和起点都不同，这缘于每一位论道者所处的环境和心性。造物有其规律，这规律有一些可认知、可讲，有一些正在认知，还有一些可以认知却无法阐释。作者这本书用一种接近文学的口吻论述造物之道，试图以语感和辞藻的温度去融化覆盖于这"道"上的厚厚冰层，让"道"浮现、为人解惑。用模糊的文学去揭示更模糊的"造物之道"一开始总会引起更多的疑惑，然而我认为这恰恰是有效的方法，因为道你越是急切想看到它的面目，它倒越是模糊。而美妙的文字却可以煽情，营造出怡情养性的氛围让人去好奇、去接近"真相"。

"道"究竟是什么？我个人认为就词性而言它既是名词又是动词，还有可能是副词。作为名词它是方法论、真相、途径、边缘等终极性的概念和认知概念的方法；作为动词它指论述、感想、认知、探索、发现、有目的的言说等认知概念的行动；而作为副词它指认知发生的方式如"顿悟"所表达出来的突然性，也指它具有的普遍性和神秘性。

"道"是具有普遍意义的，这也是作者长篇累牍感慨煽情的目的，他想发现和暗示。因此"论道"不仅是一个观念的传播方式，更是一种自我觉悟的过程和努力，我想，这本《日用之道》就是作者每日修行的记录。有趣的是作者所谈及的对象多是日常生活中的平常之物，那些和我们如影随形相伴却又经常被忽视的物品。深入发掘每一个物品的成因，细致回顾和品味物品使用的情境是唤醒我们生活信心和情趣的重要手段。大道至简，朴素的造物观念追求实用，方法直接追求效率，举重若轻。还原它的产生和应用的物质条件和文化环境，就是揭示日用之道的存在。

但是我认为今天我们所谈的"设计"还是有别于传统的造物，它的主动性、自觉性以及所处环境的复杂性与矛盾性都大大超过了传统的造物。除了实用，今天的设计更强调它的社会和文化意义。设计中的创造性就是指设计者面对沉重和复杂问题所显现出来的智慧。这种人类神性的觉醒并表现为智慧的东西就是"道"。

自序

深话浅说 长路慢行

　　日日相伴的日用器物，像阳光、空气和水一样的普通。理所当然地在那里，并不引人注意。看似很简单，却往往在毫不起眼之处，发挥着它们作为一个物品的本分。每天被我们使用，解决着我们遇到的困难，默默支撑着我们的生活。始终恪守着自己的本分，不主动彰显自己，当你注意到它时，发现它早已融入你的生活。日用器物以简单的造型，朴质的材质，传达着真诚的生活态度，也往往在平常日子下，呈现出某种诗意。

　　写《日用之道》，是想记录下对中国人的日用器物的观察和思考，希望从中探寻人与器物之间的关系与学问，发现中国人的行为和文化的基本结构，并基于此，从人的最基本的知觉心理角度，推演出一个适合用于设计的思考方法。这本书基本上是在记录这个过程，虽然，仅仅记录过程，并不一定能找到答案，但对过程的如实记录，或许比理论更能缩短与答案的距离。

　　对于无限的客观世界而言，我们每个人眼中的客观世界，其实还是一个以个人为中心的主观世界，所以这本书是对客观世界的一个主观记述，希望能通过记述，勾画出一个关于思考的路径。

在中国传统文化和思维习惯中，"道"是抽象和神圣的，是天地万物的精神本原和内在的运行规律，也是让人很难感知到的。只有那些学问高深的"圣人"才能够认识它、掌握它。如此看来，作为一介草民的我，应该是无法去触碰到的。既然这样，不如索性做点自己力所能及且喜欢的事情，图个心安。

开始关注中国人的日用器物，其实是希望从器物里发现一些什么，让自己在浮躁中安静下来，也许并不只是对某个器物的怦然心动，而是在器物上，渐次感知到的，关于过去生活的点点滴滴，并借此从过去的生活中，找到那份熟悉，找到那份心安和以后的希望。

器物之中，藏着生命，藏着文化，也藏着变迁。在岁月中，此消彼长，循环往复着，而生活的美，藏于器物之中，更存在于我们和它们的各种纠葛中。人与器物之间也许有时擦肩而过，但始终惺惺相惜，你中有我，我中有你；器物在生活中，时时刻刻与我们相伴，记录下了生活事件的发生经过，与我们一起见证并记录了每个时代的痕迹，而这样的痕迹始终都留在我们的血液里。

我们常谈及的文化，其实包含着器物、制度和观念三个层面。作为最基础层面的器物，往往是当时社会的思想观念的呈现，而制度是由这些观念产生的，对器物以及行为的规范，三者相互循环，又彼此制约，形成了一个个文化现象。每一个现象的本身与社会文化都存在着一种内在的关联性，而日用器物作为一种现象，所呈现出的我们日常生活中的细节，正是中国人在独有的文化背景下的思维方式与行为方式的反映。

貌似简单的一碗薄粥，仔细想来，背后却是一部完整的中国人的生活史和粮食的演进史，同时，也是一部中国人的食器的生产史。从龙山文化的煮粥工具鬶到鬲，再到可以放在鬲上蒸煮的甗，随着人们对粮食的不断认知，食物也产生了相应的变化，对食物的处理方式的变化，也促使着器物在形态上不断变化。从粥到米饭，蒸煮的食器变化着，而盛食物的饭碗，也随着变化而变化着。器物像一根线一样，串起了整个社会文化发展进程的历史，让我们看到了我们从前生活的风景，和生活变迁留下的痕迹。

理具于吾心，而验于事物。任何事物的运动和变化，一定遵循着某种规则，无一例外，这个存在于事物内部的本质和抽象的规律所构成的完整的知识体系，蕴含在我们最容易忽视的日用器物、生活经历和经验之中，这就是我们要寻找的日用之道。这也是人在的日常生活和行为中多次重复而被验证过的知识体系，是普通的人们，在日常行为和活动中，频繁地重复而自觉形成的一个最合理的规则和体系，这个体系往往是因为太过熟知却又被忽视具体的反应过程。

在当下这个传统文化、传统生活方式都逐渐消失的时候，前人的生活之道、价值观，一直蕴藏在日用器物之间。看似普通的日用器物，背后都隐藏着一个完整的文化图式，这个图式记录了我们祖先的生活样式和秩序，也引领着我们，沿着这个秩序，发现其背后的本质和规律，更好地了解我们的历史，了解自己的基因，也了解我们的现在甚至未来该何去何从，从而找到构建个人生活的路径，找到走向未来生活的地图。

那些具有历史感的、承载着文化记忆的经典器物，往往是最实用的设计。漫长的岁月中，历经时间洗涤的器物，它们可能是在特定的地域、历史、传统和自然条件，为解决某个特定的问题而设计出来的物品，能够流传下来的，一定是符合当时最基本的使用价值和基础的审美价值的，这是作为器物最基本的条件，否则它们就无法被记忆，就会被历史所淹没，无法传下来。每天被人使用着的器物，与文化构成了一种特有的符号，使它在其原有的应用属性之外，形成了一种关乎审美、关乎价值观，也关乎着我们的生活方式的独特的文化体系。器物，是历史流传下来的文化，对于我们，是历史的延伸，也是我们发现过去生活和文化的最好的生活样本。

如果考古是让我们了解我们从哪里来，做过些什么，那么，对日用之道的探寻，更像是一场生活方式的设计考古，这样做，往往能让我们发现原来的生活轨迹和生活方式，从而让我们推演出未来生活的方向，也找到适合我们当下生活的设计方向。

对于每个人而言，原有的记忆和经验是我们认知新事物的基础，而这些记忆和经验就储存在我们的日用器物中。从辩证的角度来看，"新"是相对"旧"而言的，"新"又是从"旧"衍生出来的。从某种程度上，未来是可以依靠想象推演出来的，但如果我们没有了过去的记忆和经验，这种想象也会变成无本之木，所以，对"旧"的了解和认知，恰恰是为"新"提供了想象的基础。

以生活为范本，在已经熟知的事物里发现未知的熟悉，关注和研究人与物品之间的学问和故事，清晰地挖掘器物本身的演化过程及它的文化结构，还原事物的本来面目，解读器物与人、社会之间的关系，还原器物里的最真实的生活方式以及隐含的智慧，并运用到当下的生活当中，这才是我们要发现的，属于我们自己的日用之道。

这几年，身边有太多关于生活方式和生活器物的书了，但基本都是其他国家的作者在给我们描绘他们做过的梦。但日本的就是日本的，北欧的就是北欧的，美国的梦就是美国的，和我们是不一样的。别人的梦境无论被描绘得多么美好，永远是别人的。也许我们应该从效仿拿刀叉的优雅姿势中走出来，寻根溯源，来思考属于自己的日子了，那应该是属于中国人自己的文化和生活方式，我们的文化，曾经像一面大鼓，振聋发聩的鼓声传遍了世界，而我们的生活方式，本来就自成一派，历朝历代被争相效仿着。

很多东西也不应该被我们遗忘，无论时代如何变迁。暖水袋、搪瓷缸、雨伞和木扶手沙发，这些看似平凡的在衣食住行中最常见的器物，承载着我们几代中国人的记忆和经验，每一个器物都记录下了每个中国人夜以继日的生活中最真实的故事和细节，也传递着中国人的独有的生活与思维方式。这些日常器物所

呈现出的一切以及其背后的故事，构成了中国最为真实的、最为生活化的模样。

如果我们珍视身边的日用器物，认真回溯自身的传统，应该能找到一种属于我们自己的、新的生活方式，和由此产生的属于我们的器物。也许应该安静下来，思考真正的中国人的日用之道了。也许关乎一个器物，一只碗，一双筷子，一个盒子，一把椅子，一件家具，一个房间，一座城市；也许是关乎光影、时间、生活；也许关乎日常的方方面面……

高一强　姜立

2024 年 4 月 19 日

目录 | CONTENTS

第一章 以物抵心

004　岁月的温度
011　惺惺相惜的暖炉
021　素帕寄心知
029　黼黻文章
037　自行车上的青春
041　生活的痕迹

047　见字如晤
053　寻找回声
061　时而被冷落的雨伞
065　请喝茶
069　心有所栖，物有所向

第二章　日用之器

082　凉白开
089　触景生情
097　折叠饭桌
103　铝饭盒
111　客观写生
117　万类相感以诚
122　器完不饰
129　虚室生白
133　隐喻是座桥

第三章　日用之道

144　似水年华
151　碗还在，米香还在
155　盛在饭碗里的家族文化
158　生活的尺度
162　古承今袭的圆
167　穿行在泉州的家庙
173　游梦书房中
181　宋人的"器以载道"
188　残败之后，信马由缰
196　席地而坐
203　家具的迁徙
212　百姓日用即为道

第四章　看见回声

221　迁徙的桦树皮

228　灵魂的纯洁

239　记忆的原型

247　遍布灰尘的"小教堂"

251　亮闪闪的木屋

256　情不知所起，欲罢不能

260　融合欲望，触动灵魂

265　有我之境

270　历久弥新的器物

274　以我观物

276　寻日用之道，出适用之器

278　后记

寻日用之道　　出适用之器

第一章　　以物抵心

每一件器物的背后，都藏着一个与人有关的故事。重新发现这些日用之物，就像重拾某一个故事和心情。

器物也应该有自己的生命和故事吧。它总是带着自己的故事，静静地等着我们来读。故事的精彩往往取决于和它对视的时间。片刻的静谧，便让我们足以感受到器物所映射出的所有故事，好像总有些说不清的东西，让我们冷不丁地从中看到了自己的倒影。那种感觉，就像有一天在一个咖啡店里，突然发现手中的咖啡杯和前几天梦中梦到的那个杯子，一模一样。似乎在哪里见过，又好像在哪里用过。

也许不是对某个器物的怦然心动，而是在器物上，渐次感知到的，关于生活的点点滴滴。

器物的轮廓和上面的痕迹，像显影液里的胶片一样，逐渐地清晰起来，变化为一座桥，桥的那边，堆着让我们欣喜的生活的印记，同时，它也变化为一本承载情感、记忆、生活的读本，每每翻开，便能映着自己的心情，捕捉着隐藏于生活中，那些物件中美丽的细节与故事。

人与器物之间一定存在着某种无法言传的联系。

也许是光线、也许是空气、也许是声音或气味、也许是某种看不见的东西，在人与物之间，在物与物之间，在物与环境之间，在时间的共同作用下。

岁月的温度

午后的阳光，穿过窗帘的缝隙照了进来。那些温润的、暖暖的光，独自在桌面上书写着什么，总让人忍不住想用手指去试探桌面上那片阳光留下的温度。这个书桌用了已经好几年了，始终都是默默地靠在窗下，丝毫感觉不到它的存在。每当坐在它旁边，却好像遇到了一个老熟人。亲切的木纹和日久磨损的痕迹，呈现着在此发生的一切。所有往日生活的画面，再次浮现在眼前。一个印迹，一道划痕，甚至年久出现了的裂痕，所有一切都在默默地记录着我的日子。日复一日，年复一年。

书桌上的木纹所呈现的纹理，夹杂着磕碰的痕迹，也在阳光下变得丰富起来了。某种意义上，我们的生活空间是完全由两种物质填满的，那就是空气与和每天我们身边的器物。我们所能感知到的器物的轮廓和形态，是光线穿透空气，描绘出的空气与器物的交界线。

光线作为媒介，始终在空气与器物表面之间呈现着物件的美。而清晰的光的边界，是我们意识不到的，于是，便只能任由自己的内心去想象。所以我们常说前途是光明的，但明亮的光究竟在什么时候会被什么阻挡，我们谁又能意料得到呢？还好光给了我们希望，管他呢，向前走吧。

光线任性地变幻着,无意于以何种姿态着陆或停留,但是它的所到之处,却为我们带来了器物的各种表情和温度,从而引领着我们的各种情绪。我们也借以自己的心情,赋予了光更多的意义。

这个书桌是我自己六年前的设计。当时的想法是想试试中国的鲁班锁结构是否能自由组合成各式家具。妻很喜欢,拉着我在798的一个咖啡馆,琢磨了一个下午,给它起了个很好听的名字,叫"随隙"。因为"隙"是无形的,一如我们成长的每个精神和情感的瞬间。当时虽有惊扰,但随着时间的推进它已经无声无息地滴落并溶化在我们的血液里,而后化成一缕白发,或者,

随隙系列家具

几道皱纹;"隙"是有形的,就像在我们衣食住行的各种器物之间的某些或大或小的缝隙。

如水随隙,如风随隙,如光随隙,如影随隙。我们跟着四季逐渐长成如今的样子,在光影开合的各种间隙中,不虚妄、不骄纵、不盲从;自信而淡然、越来越从容……

这也是我们喜欢这个桌子的原因吧!器物具有了记录生活事件发生经过的功能,从而也同时拥有了生活的情感价值。无论我们是否愿意,或者是否意识到,我们周遭的器物都在记录着我们的生活。在使用器物的同时,我们也利用器物来验证我们的想法或思路,并启发自己在生活上的一些感悟和创意。

很多时候,记忆的抽屉在每个人的内心的深处,总会被某些景象瞬间拉开。器物,或者旧物上所留下的痕迹,便是这样。因为,每一个器物的背后,都藏着一个关于人的经历和生活的故事。所以,每个人都希望借助什么来记录下一些东西,并借此看清楚自己。也许是书、也许是影像,也许是器物吧?

几年前,与妻在阿姆斯特丹犹太教堂附近的旧货市场,买过一个手提蜡烛台。每次拿起,都会想起那个卖主当时对着我们手舞足蹈,比划着的样子:"快买吧!这个就是当时的手电筒啊!"那是十月份的一个下雨天,我和妻冻得哆哆嗦嗦,但却因为得到这个"手电筒"而特别快乐。为了奖励自己,我们在旁边按斤卖的旧衣服店,每人"称"了一件衣服。

很多时候,我们很难准确地记住事情发生的具体时间,却能让拥有的器物唤起曾经相关的细节。器物记录下了生活事件

手提烛台

的发生经过，显现出器物具备生活感的动人价值。

就像冯骥才在《失去了的书桌》里写下了这段话："在地震中，塌落下来的屋顶把它压垮。我的孩子正好躲在桌下，给它保住了生命。它才是真正地为我献出了一切哪！等我从废墟中把它找出来，只是一堆碎木板、木条和木块了。我请来一位能干的木匠，想把它复原。木匠师傅瞅着它，抽着烟，最后摇了摇头。并且莫名其妙地瞧了我一眼，显然他不明白我何以有此意图——又不是复原一件碎损的稀世古物。它就这样在我的生活中没了。我因此感到隐隐的忧伤。不由得想起几句话，却想不起是谁说的了：'啊，生活，你真迷人……哪怕是久已过去的，也叫人割舍不得；哪怕是不幸的，也渐渐能化为深沉的诗。'"

留在那张桌子上的那些长期使用而留下的岁月的痕迹，记录了我们和器物的相识相伴，相知相惜的温暖。感谢光影，细致地描摹着这些器物，感谢这些器物，给我带来美好的情感。我的每

旧餐桌与老板凳

一个器物的背后,都藏着我的经历和生活,都饱含着我们之间彼此忘不了的温度。

找个周末,静静地坐在书桌边上,懒懒地整理着上面被阳光晒得暖暖的书,默默地看着水杯里升腾的水汽,听风吹过风铃的声音……也许是不小心在上面留下了划痕,也许是热水杯杯底烫下的圆圈,也许是搬家留下磕碰的痕迹……所有这些,保留下了以往记忆和生活的味道,并且因为人、事件和时间所赋予的意义,构建出恒久动人的生活美感,当时与它相遇的情景和它背后的故事,就像放电影一样,全部显现出来了。在什么样的天气下,在什么地方,和谁一起,一切都如此清晰起来了。于是,整个周末,就在这个自编自导的电影中,悠然地度过了。

谢谢这些痕迹的提醒,让我能借此回忆起生活中那些美好的影像,也惹得我沉浸在怀旧情绪中而不能自拔。

那是因为,器物总是在人们形形色色的生活中扮演着不同的角色,和我们保持着亲密无间的关系。一切都那么顺其自然,理所应当。器物们无声无息地发挥着它们作为一个物品的本分,为我们所使用。从我们相遇的第一天开始,我们便和它们开始亲密的接触,随着我们的使用和不断的磨损,器物也和我们一起,身上都留下岁月的痕迹。

书桌旁那把椅子的扶手的油漆已经被磨掉了,斑驳细碎的油漆和底下露出的木纹,这些痕迹不仅让我们看到了生活中被使用的情景,也让我们透过那露出的木纹看到了树木生长的痕迹,以及那些巧妙的榫卯结构里,木匠仔细琢磨的印记。一切经历都会在不经意间留下故事的线索，一切也变得瞬间亲切起来。至今，还喜欢坐在那把椅子上，一只手拿着书，一只手不自觉地摩挲着那个扶手。

很多时候，当存于器物的表面的色彩和装饰被时光磨蚀后，露出的部分才最直指内心，体贴入微。此时的器物，变成了人的经历和回忆的载体。在经过生活的磨蚀后，给我们带来安全、亲切和朴素的高贵感。

这些细节如此低调、自然，温润地沁入人心，而这些细节恰恰是器物在很长的历史下的一种沉淀。也正是这些细节让我们发现器物所具备的情感价值，发现人、事件和时间所赋予器物的意义，发现原来器物一直在和我们一起记录着岁月的零星点滴，并让我们重新回到事物的原点，看清楚生活的原型。

惺惺相惜的暖炉

　　日用的器物是很巧妙的，用久了看多了，是会发现时间留下来的味道。的确，人与器物之间温暖的情感，原本就是随着时间的推移，在彼此相识相知的过程中逐渐产生的。从彼此相遇开始，便注定是惺惺相惜、不离不弃。它们绝不是短暂存在的新奇，而是需要长长的时间，需要仔细地体会，需要我们在夜以继日的衣食住行里去体验和认知，去实践。

　　就像那个书桌，也许是不小心在上面留下了划痕，也许是热水杯底烫下的圆圈，也许是搬家留下磕碰的痕迹。所有这些，都留下了我以往记忆和生活的味道。这种情况下，器物不仅仅是一个工具，一件摆设或装饰而已，它被人、事件和时间所赋予不一样的情感和意义，并和我们一起，努力生活，而它们，也随着日月的变迁在我们的生活中散发出恒久动人的生活美感。

　　两年前，我在前门附近的旧货摊，买到了一个小时候在姥姥家见过的陶瓷暖炉。

　　至今，仍然放在我的书架上。实在说不清楚当时为什么要买这个暖炉。当时就是觉得特别亲切，仿佛有某种看不见的东西胶着在我们之间。陶瓷暖炉，也许生活里似乎不再需要的一件器物。但经由这个暖炉，却让当年的一些生活的轮廓再次清晰起来。

我们自己家里一直用的是那种橡胶的暖水袋。第一次在姥姥家见到这个物件，是感到特别新奇的，因为第一次意识到，印象中容易破碎的陶瓷，还可以做成日用的暖炉。

陶瓷暖炉，在东北那儿叫"水鳖子"。伴随近些年经济发展和生活的变迁，这件当时家家户户的必备之物，已经特别少见了。这个应该是民国时候遗留下来的产品，好像在北方还有出现，不过已经改头换面有了各种各样的形状和材质。在北方，我们小时候用的最多的是那种橡胶暖水袋，只有为数不多的家里有这样的陶瓷暖炉。南方使用最多的是用铜或锡制成的，被称为"汤婆子"的扁形金属瓶，平时加入热水或者火炭，用来取暖。

中国东北地区的陶瓷暖炉

很多时候，我们日常生活中的很多器物，在诞生伊始，其基本构造与原理，就已明确下来。它们没有新奇的外观，没有设计师的署名，可能也没那么多的功能，有些都不具备多少技术含量，更不被看成艺术作品，往往在毫不起眼之处发挥着它们作为一个物品的本分：为我们所使用，解决我们所遇到的困难。

我们现在最为常见的橡胶热水袋，是19世纪末，一个克罗地亚工程师发明的，随着橡胶生产的普及，实用又便宜的橡胶热水袋很快流行起来。在早些年的欧洲，都是用陶瓷瓶来装热水，所以英文叫 hot water bottle，即便是后来材质换成了橡胶，样子也变了，但名字还是延续了 bottle。

热水袋小巧，方便携带和使用，在我们这个用日历上的日期来衡量是否供暖的地方，是个特别好用的取暖工具。降温的时候，总会把热水袋从柜子里翻出来。这可能是我们在统一生活样式的条件下，唯一能自主掌控的取暖方法吧。

灌上热水，拧紧塞子，一只胖胖的热水袋就能用了。抱在怀里，暖暖的热流顺着肚皮，直达身上每一个神经末梢，很舒服、很放松。随之而来的，还有一股子橡胶的味道，用手指在热水袋表面的散热胶皮上划过，软软得好像拨动琴弦一样，让人感觉连周围的空气都被暖了。放到枕头上面暖一暖，挪到被子下面暖一暖，妹妹抱一会儿，我抱一会儿，在那个还没有电热毯的时候，异常寒冷的东北的晚上，胖胖的热水袋给了我们兄妹毫不犹豫地钻进被窝里的勇气。那个年代的快乐都很简单。

装了过热的水，暖水袋往往会很烫。我们一般会在外面套一

南方常用的"汤婆子"

    个套子。妈妈的手比较巧，自己用毛线织了几个漂亮的套子，朴素的热水袋一下漂亮起来，也更柔软、舒适了。妈妈也就顺手多做几个当作礼物，送给邻居、朋友们用。

    那时候，每户人家都喜欢给家里的东西做个套子套上，于是，用过的旧衣服旧毛线都有了新用场；也有人喜欢把每个东西上面苫上布帘，很多人还会用钩针勾出自己喜欢的那种镂空的帘子。

    也许是物质匮乏吧，大家都希望家里的东西使用的时间能更长一点，这样，能减少磨损，起到很好的保护作用，还能顺带美观。逐渐的，这成了一种习惯。记得有一段时间，很多人用雀巢咖啡的瓶子做茶杯，外面也会用塑料绳或棉绳编一个套，作为标记和区分，上面还会有波浪形或者菱形的图案。而家里用的菜篮子，也是用封箱用的塑料包装带编制而成的，有些人家里，还能用不同颜色编织出花纹，既好用，又美观。我们的课本，总是在开学的第一天，用家里的旧挂历工工整整地包起来；包括家里用坏的床单改成抹布或坐垫之类的事，数不胜数。这是我们的生活方式，充满了淳朴而又奇思妙想的生活智慧，在那个颜色和材质选择都非常有限的年代，我们在匆忙甚至贫穷的生活之中，编织着自己的小小的快乐。

直到今天，我们的记忆里依然保留着这些习惯，会为手机套一个手机套，给笔记本电脑套一个电脑内胆。即便是第一次见面，我们往往也能从这些各种各样的套中大略猜到对方的脾气秉性，甚或找到一些共同的谈资。

看来，器物在某种程度上，始终在诠释人类文化的生存轨迹和动物本能的生存状态。

暖水袋的毛线套就是妈妈用她最熟练的四平针织的。妈妈把我们穿旧的毛衣拆了，烧一壶水，用水蒸气把毛线嘘直，然后，把椅子翻过来，把线不停地绕在四条腿上面。因为熟练，妈妈织得特别快，针脚也整整齐齐，摸着特别舒服。

至今，我的衣柜里还叠着一件毛衣，那是我当年考上大学，去报到的前一天晚上，妈妈一宿没睡赶制出来的。还是她最熟练的四平针。

毛线在中国出现，大概是在19世纪末。最早毛线被称作毛冷，"冷"是英文"line"的译音。当时，毛线的颜色丰富、鲜艳，女孩子们都用来做扎头绳。最初编织毛衣的，是来华的外国人。到了20世纪初，像上海和天津这样的沿海城市，织毛衣已经流行开来。在上海，很多专卖毛线的商店都有坐台的师傅，向买毛线的女性传授毛衣编织技巧。慢慢地，织毛衣也成为很多女性贤惠的代名词。打一手好毛衣，也逐渐成为赞赏一位女士心灵手巧的褒奖话。

现如今，自己家织毛衣的情景已经很少了，大多数人会选择去购买工业化生产的毛衣。其实，在琳琅满目的毛衣花型和图案里，隐藏着世界上最古老、最具影响力的三大毛衣种类：根西毛衣、费尔岛毛衣、阿兰毛衣。

根西毛衣是因为15世纪出现在英吉利海峡上的小岛根西岛而得名的。最开始是当地妇女为渔夫和水手织的毛衣，高高的领子，全身无缝合线，与当时缝合的衣服相比，根西毛衣更结实紧实、耐磨耐穿，能够抵御海风和海水的侵蚀。那时候根西毛衣的色彩，多以耐脏的藏青素色为主，质朴实用。

而与根西毛衣相比，出现在苏格兰北部费尔岛的费尔岛毛衣，最大特点是漂亮的图案、丰富的色彩。与朴素的根西岛风格相比，当地的妇女们更喜欢大量使用提花图案，至今，费尔岛的提花毛衣依然是经典英伦风格的典范。我在冰岛的时候，遇到了很多漂亮的费尔岛风格的毛衣，这算是那里的一大特色了。

而出生于阿兰岛的玛格雷特·狄莱茵女士，则以根西毛衣作为蓝本，加入了更多独特的针法，设计制作了以经典白色为主的

根西毛衣的图案

阿兰毛衣的图案

费尔岛毛衣

阿兰毛衣。这种毛衣的花型与图案，与我们小时候流行的棒针毛衣已经很像了。

记得小时候，大概到了十月份，已经穿上了妈妈织的毛衣。柔软合身，在冬日里，暖暖的。记忆中，妈妈每年夏天，都会把毛衣拆了，洗好，让毛线在阳光下晒得柔软而蓬松。那时候，织毛衣似乎是一种时尚，邻里间的主妇们，凑在一起聊聊天，看看电视，手上总是不得闲，在两三根毛衣签子的穿梭中，一件当季流行款的毛衣便织好了。

还是那个午后，闲坐在窗下，阳光透了过来，旁边的小猫，懒懒地卧着，一团绒线，两根织针，线团随着织针的飞快穿梭，慢慢地，规律地转动着……这样的场景，总有一种说不出来的舒适、娴静。

传统老式织布机

素帕寄心知

日常生活中随处可见的平凡器物，其实是以生活为主轴，自然形成的；无论过去还是未来，都需要符合当时最基本的使用价值和基础的审美价值，器物才能得以流传下来。每天被人使用着的器物已成为一种特有的文化符号，在它的应用属性之外形成了一种独特的文化体系，关乎审美关乎价值观也关乎生活方式。

2000多年前的一个早晨，那时的汉武帝刘秀，已经定都洛阳，并已开始息兵养民的计划。早春的清晨乍暖还寒，公鸡刚刚打鸣，蒙蒙的天色也渐渐亮了起来。一户普通人家的灯火已经亮了起来，已经成年的儿子，洗漱完毕，盘好发髻，插上发簪，用一条丝带束住发髻，戴上帽子，系好帽带。

一天的开始就应该是这样的，就应该这样梳洗干净穿戴整齐，来到父母的房前请安。为父母打好洗脸水，恭敬地端在父母面前，待父母洗漱完毕后，递上擦拭用的巾。这是一个生活在礼制里的东方国度，这一个场景，被记录在了《礼记·内则》之中。

那时，中国人每日的生活中，洗漱成了每天必不可少的一个动作，"巾"则是当时的日常用品了。

"三日一洗头、五日一沐浴"在秦汉时已形成了的习惯，以至于官府每五天给官员一天假，用来洗澡，也被称为"休沐"。《海录碎事臣职·官僚》记载："汉律，五日一赐休沐，得以归休沐出谒。"

在没有现在我们用的起圈毛巾之前，中国人一直在使用平布巾，就是大家俗称的土布。布，本义为麻布。在宋代棉花没有传入中原地区的以前，我们大量使用麻布及葛布。麻布是以苎麻、黄麻、剑麻、蕉麻等各种麻类植物纤维制成的一种布料。葛布，俗称"夏布"，质地细薄。除作衣料，魏晋以来多用制作面巾。

商周时期诞生了制作土布的机器，木质纺织工具——腰机，一种依靠腰部和腿部的角度和力量，单人就可以完成的纺织工具。虽然共有72道制作过程的复杂工序，但已可以生产出经纬分明的麻葛土布了，也开始被大家用作布巾了。等到汉代，出现了当时世界上最先进的织布机——斜梁机，其制作出的布料，天然、透气、吸汗，而且线粗纹络比较深，对皮肤有一定的摩擦力，可以很好地去除身体上的污垢，虽然与现在的毛巾相比，它不够舒适柔软。

宋朝的时候，人们就开始用天然皂荚捣碎细研，加上香料，制成直径五厘米大小的小球，供人洗脸洗澡用，当时大家称为"肥皂团"。宋人周密《武林旧事》就记载了南宋京都临安已经有了专门经营"肥皂团"的铺子了。

还好，有了这个肥皂团，缓解了当时面巾的粗糙。

新疆托斯卡纳古墓出土的棉制品，说明在唐代的时候，已经有比较成熟的棉制品了。到了宋代，棉花种植和使用技术开始传入中原地区，棉布进入当时的生活中，人们也开始尝试棉布与麻葛的互相融合。

从元朝到明朝，中国的棉纺织业达到了一个高峰。人们已将多种手法糅于棉织工艺，使粗布制造完全成熟，但不是真正意义上的毛巾，这不能满足所有人的需求。

但明朝时期，古高丽国已经把一种窄幅、棉麻混纺的布匹作为贡品进贡到大明朝廷了，大家称其为高丽布。当时，只有官宦和富贵人家用得起，普通人家还是望尘莫及。

清代乾隆年间，上海殷氏掌握此布织造技术，开始了大量的生产，当时的高丽布在物质匮乏的时代深受人们的欢迎。直到20世纪60年代，中国的很多农村还在使用着这种高丽布，作为日常的毛巾。

在我们高高兴兴地使用着高丽布毛巾的150多年后，在维多利亚时代的英国，1850年的一天，英国人Henry Christy，踏上了开往奥斯曼帝国的轮船，开始了一次东方之旅。对考古饶有兴趣的他，打算从东方收集一些有趣的东西。但他这一次的旅程，却为家族带来了一个新的商业机会。

在访问苏丹皇宫时，他发现了一种整个欧洲都没有的织物样本，这个织物的结构非常奇特，是一种"经起绒"的毛圈织物。回到英国以后，他和那个喜欢琢磨机械制造的弟弟李察一起，发明了专门制作这类毛圈织物的织布机。

麻葛土布细节图

16 世纪　中国机织布

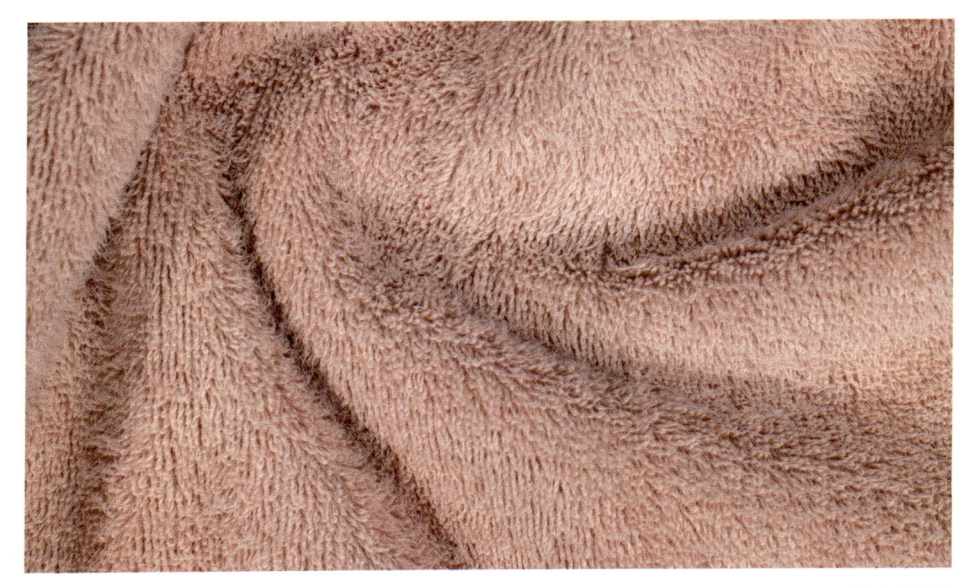

毛巾细节图

民国时期的机织布

世界上第一条毛巾就这样诞生了。

而谁又曾想到,这个"经起绒"的毛圈织物的原型恰恰来自古代中国。这就是出土于马王堆汉墓的"绒圈锦"。这种锦以多色经丝和单色纬丝交织而成,织物表面的矩纹图案部位呈现立体感的环状绒圈,是汉代织锦中的特殊品种。

汉代绒圈锦是以大小绒圈在织物表面形成浮雕状凸起花纹的汉锦。花纹主要为矩形、几何小点、角形、折曲形等单元散排而成,多作为衣袍滚边、贴边、镜套底部及制作香囊之用,质感松软舒适,带着绒绒的温暖。谁也不曾想,这寻常的绒圈锦,在千年之后，竟成了最早发现的"经起绒织物"，是当下日用毛巾的最早雏形。

马王堆汉墓出土的"绒圈锦"

距离毛巾的诞生的 50 年后的清朝光绪二十六年，即 1900 年，上海川沙县人张艺新、沈毓庆发现来自日本的毛巾大受欢迎，而中国百姓洗脸用的传统的土布高丽布滞销，便动脑筋，以土布机构造，成功研制出了毛巾木机。很快，沈毓庆便在其川沙县的沈宅内创建了第一家毛巾厂——经纪毛巾厂，而这个毛巾厂便是现代中国毛巾的发源地。

湖南竹编筐

粝粊文章

  大概从人类结绳记事开始，就有了原始的编织。在日常生活的劳作中，人们将草捻成了绳，再用绳编成了网兜、篮、鞋、席等用具；植物纤维本身的呼吸性与网状结构的透气性，改善了人们盛放和储藏方式，也提高了一定的生活质量。人们把细长的线条、竹条、柳条互相交错、勾连而组织起来，这被称作编织。寻常的材质经过"经""纬"的横纵构建，在空间中交错出一种规律的几何结构形态，从而编织出一些实用的器具，而这些器具，也记录了人们的生活印记。

  美的结构往往是通过美好的细节呈现的。好的结构往往承载了支撑和连接的作用，对器物整体的或者局部的支撑，同一种材料之间，不同材料之间，结构用其特有的美，体现并承载了彼此之间的关系。素雅单一的材质更可以是纯粹内敛的材质陈述。当材质与光线或者身体产生对话的时候，经由视觉与触觉，可以传达出自然的力量与创作的意图。好的结构在其间建立了很好的联系，也更准确地诠释了器物的材质与细节之美。

  能够用来编织的材料很多，竹、木、藤、芒、草、铁、纸、毛线、皮，等等。大概只要是细长的材料，都可以在一双巧手和巧思中，勾连出一样美而实用的器物。原本自然界的材质，通过

柳条编织

湖南竹编篮子

柳条编织筐

20世纪50年代　出口竹编包

手工的重复交错、叠放，便呈现出跟原来不一样的形态和功能。原本可能非常单一的直线条，在规律的重复中，以最简洁的形式表达了无限的张力，产生了多元的变化，形成了丰富的几何纹饰，也产生了美。这种美，是在实用的器物制作过程中一步一步形成的。而最初的一些编织，会随着时间的推移，越发地散发出质朴、简练又充满智慧的美。每一个交错与勾连，都是自然而然的必要，又是人类巧思的结晶，有了自然和人类的共同参与，服务于人类生活的各种美而实用的器物就一一诞生了。

原始人类在没有发现织物的时候，经常用色彩来美化自己。开始时将颜色涂在身上，称为"彰身"；再进一步刺在身上，称"文身"；后来发现了织物，做成了衣服，就画在衣服上，再发展成绣在衣服上了。

古人养蚕，献茧缫丝，把它们染成红、绿、玄、黄等色，称之为"黼黻文章"就是用不同色彩的丝线，在礼服上刺绣成各种图案。"黼（辅）"为衣服上绣半黑半白的花纹；"黻（符）"为衣服上绣半青半黑的花纹。至于"文章"两个字，用青、红两色线绣称之为"文"，用红、白两色线绣称之为"章"。当时，把有纹样和图案的表面称为文章，逐渐地，大家用文章二字来形容文字所描绘出来的图像。

文章千古事，已经再没有人记得"文章"二字的来历了，但至今我们依然在写字的稿纸和格子上，使用着红色和蓝色。

传统就是这样，隐藏在我们日用器物之中，不是一种纹样，也不是一个形式，而是一种精神性的，早已沉淀在人内心深处的

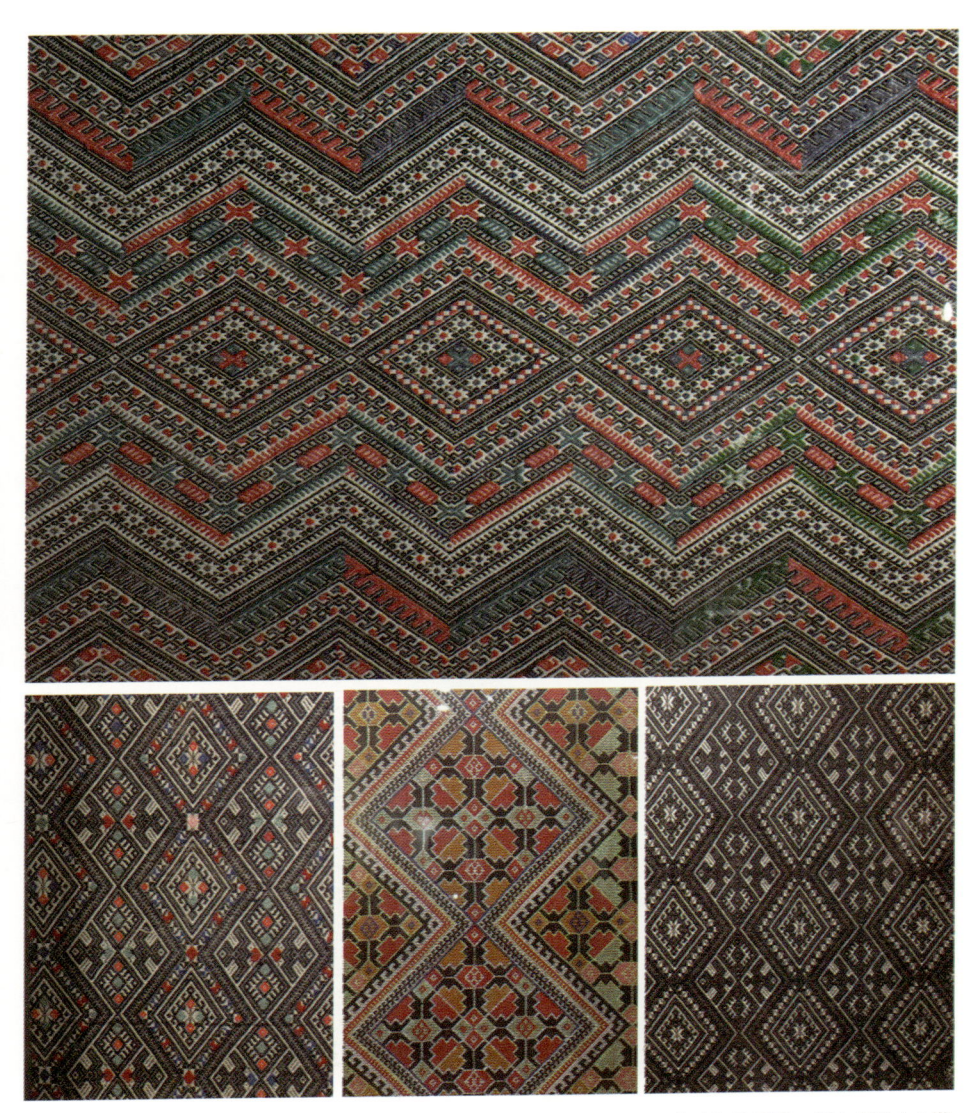

传统织锦图案　湖南非遗中心藏

印记。

好的设计一定是能唤醒人的某些记忆或者思考的,这并不意味着将中国红或是龙纹加入设计之中,就是好设计。而能真正吸引人的,恰恰是这些颜色和图案背后,与人的内在联系。没有任何一个国家像中国这样,象征物如此丰富地贯穿于文化中,不仅是文字的象形,还有图案、图形,一切都有象征意义,而且是对生命的美好的诠释。

传统文化之于我们,犹如那光亮的漆器。朝代更迭文化交融所留下的精粹,像层层裹住漆胎的漆。我们看到的是经年而成的光亮的外表,如若想深入了解,必将漆膜逐层剥开,以窥全貌,取其精华。

很多时候,传统不意味着落后,它一定是在某个文化鼎盛时期留下来的产物。老器物,新生命。从平凡的生活用品中发掘出了独特的生活美,这种美才是能真正唤起我们的美好回忆的。

民国时期的广西大学校长马邵武,在新体诗改革的时候曾经说过一句话:"须从旧锦翻新样,勿以今魂托古胎。"想必这也是日用之道所要做的吧!它并非用现在来代替过去,而是挖掘人、事件和时间所赋予器物的意义,在中国传统美学和生活方式里,找到这些曾经被遗忘,或者即将淡出人们生活的器物,仔细地打磨、研究,发现其中的精髓,再通过设计、技术手段的升华,使其以新的形式重新融入我们的生活里,与此同时,重现已经融入我们生活中的、被我们深深喜爱的物品的价值。

好像又回到了那个哲学问题,从哪里来,到哪里去。如果生命中每一秒都是无数次的重复，那么意义或许在于我们是否能审视这重复？

正所谓日用即生活，生活之美也是所用之美。

老北京胡同里的自行车

自行车上的青春

"日用"二字，平常得不能再平常了，似乎无需赘述，"日"应该是每天，而不是偶尔或某些特殊的日子；"用"一定是实用、用来使用而不是用来赏玩的；如此而已。凡日常生活的衣食住行，身边吃穿用度的点点滴滴，都不离日用的范畴。

每天都要被使用，应该是实用、耐用的，可能不太讲究样子却能很让人放心使用的东西。看似很简单，甚至不起眼，以至于在用的时候，经常记不起来放在哪里了，让我们四处寻找。但就在这寻找、使用、相识相知的循环往复之中，我们会逐渐发现它的好处，对它们逐渐产生依赖，一旦找不到，心里会别扭很久。而日子也在这往复中，慢慢地过去了。

曾经，自行车作为"三大件"之一，是我们生活中最为常见的、最为重要的交通工具，是最日用的工具之一。

而童年对自行车的记忆，是父亲宽厚肩膀的背影坐在后座上，双手紧握着车架，稳稳地，遇到颠簸的路段，父亲总会提醒，坐稳了，抓牢了，在一阵颠簸屁股都颠疼了之后，父子两人都会哈哈大笑了起来。

下雨天，则会躲在父亲厚厚的雨披后面，虽然很闷热，但却能感觉到父亲后背的温暖；遇到特别泥泞的路段，父亲只能下来推着车子往前走，经常满脚满腿的泥水。

　　对于新买回来的自行车，很多人会花不少心思把它好好打扮一番。经过精心打扮的自行车，带穗的车座套，包裹着布条或者塑料条的车梁，辐条缠绕着漂亮的装饰，转起来形成一道彩色的圆弧。擦得锃亮的车子，在一路清脆的"叮呤呤"声中，飞快地穿梭在人群和小巷之间，引来一片羡慕的目光。

　　第一次学车的时候，虽然有人扶着后座的车架，但还是很紧张，摇摇晃晃地扶着车把，脚蹬得飞快，嘴里不停地喊着"不要松开，不要松开"。两眼紧盯着路面一路往前奔，心里还是很忐忑，偶尔回头一看，早已出去了三五十米远，这时候往往会慌慌张张地赶紧跳下车，再回头打量一下发现已经骑了一段路；那种兴奋和紧张啊！就这么一来二去地摔几次，一般大小的孩子基本在小学就学会骑自行车了。

　　溜车、掏车、骑大梁、撒把、倒骑、扒车，自行车是那时我们最酷的玩具，也是男孩们用来逞强、炫耀的工具。

　　车技越来越熟，车也骑得越来越野了，不论"二八"的飞鸽、永久，或者"二六"的凤凰，都能任意征服。最帅的，要数模仿大人们上车的技巧，左脚踏着脚蹬，溜一段车，用略短的右腿绷得笔直，跨过车座，装作若无其事的样子，其实心里很得意。或者是从父亲那里习得一两个修车的小技巧，两腿夹着把摔歪的车把扭正，用小树枝或者钥匙上个脱落的链条，更复杂的则是自己修补漏气的轮胎，倒置车座，用钝器将外胎撬开，把内胎拆出，打些气，放在装满水的盆子里，一点一点仔细找着细密的气泡。找到漏气的地方后，擦干内胎，用锉刀把内胎和补块都搓毛了，各自涂上胶水，待胶水黏稠，将补块迅速贴上去，使劲敲打，就修补好了。当时，这可是我们那批野小子里很了不起的手艺。

如今，骑自行车的时候少了，父亲的背影也渐行渐远了，生活基本围绕着自己的小家庭转，和父亲的共同话题也少了很多；小学同学的偶尔聚会，我们有时候还会聊起当年学骑自行车时候的一些趣事，你会发现就算过了很多年大家也都各自经过了一些事儿，但我们基本还是对方眼里的自己，我们还都有当年的样子。

上学的时候，自行车不仅仅是我们的交通工具，更是和小伙伴交流的一个重要媒介。

一起上学，放学，传播教室里的八卦，打听考试成绩，打听隔壁班的女同学，谁拔了谁的气门芯，是老师的，还是女同学的？一路上有说有笑，就算到了家门口，还要停下车来，跨在大梁上，又聊个半天，不舍得离开。

待到情窦初开的年纪，自行车成了很多男同学开场白里的重要道具。

我们一起结伴骑车回家，或者让心动的女孩坐在后座上，那感觉就是在飞；有时候或许是某个人的自行车出了点什么问题，我们也会一路推着自行车回家，当然会先把她送到家门口，要远远地看着她上楼，不是什么绅士，主要是怕被她的家人看到；如果是自己的自行车没坏，那就会一路吹着口哨得意洋洋地骑着自行车一路飞奔回家，当然路上不免各种炫技。最幸福的，莫过于女孩在后座上，轻轻挽着你的腰，哪怕只是很犹豫地拽着你的衣服，什么也不说，就很好。总是希望那条路远点再远点，就这样两个人一直往前骑。这些拘谨青涩而又简单快乐的青春，至今想起来还会微微一乐。

自行车承载了我们太多的青春记忆。它是一个纽带，连接着很多种互动关系。与发小、朋友们的嬉戏追逐，一些懵懂的与异性交流互动时的雀跃片段，停下来在路边摊买过零食，有时候车胎被扎了一路懊恼地推回家。这些场景虽然不常想起，但一旦有个触发点，比如一次小学或中学同学的聚会，它们便会历历在目，瞬间鲜活起来。

日用器物的美好价值，取决于在生活中是否真正被使用，并留下或温暖或懊恼的回忆。而它的意义是在被使用的过程中发生的，也是在使用环境中慢慢呈现出来的。器物是在每个人的使用过程中，从实用、适用的角度出发，通过时间来体现它的优良与否的。好的器物需要去除掉多余的装饰，保留下生活最本质的实用需求，让人们乐于在日常生活中一点点地去体验它，从中获得饱满而持久的快乐。

对于器物的本身，是无法承载其社会或人文意义的；它们是在岁月变迁中在人的使用中才产生的意义；器物所有的意义便是我们的意义，没有了我们的参与和认可，器物本身就失去了生命，也失去了意义。

生活的痕迹

睹物思人，中国人从来都能将存于器物之中的细微情感与气息，自然而然地捕捉到。

小时候的衣物，一个五斗橱足以承载。而长大后衣物越来越多，五斗橱却成了闲置空间最多的地方，因为漂亮的衣服厌恶褶皱。可每次找不到某个细小琐碎物件的时候，第一个念头就是去翻寻五斗橱的抽屉，每次的惊喜并非屡屡得逞寻到要找的那一个，更多的是收获了早以为已经丢失的、再也找不到的另一个。

人生向来不缺惊喜，以为再不会相见和拥有的，忽然有一天重归眼前，那滋味比一开始得到还要满足。

小时候，我曾经为了家里用了好多年的一只茶壶被打碎难受好几天。也会为了自己心爱的一支钢笔丢掉了默默流泪。抑或是，一张伴随自己成长的书桌……也许那些令人感动的画面，无法用语言清晰描述，但器物因时间而产生的那些奇妙的感觉，确实能撩动人心最柔软的那一面。

还记得儿时的厨房，那是我未经允许不能轻易踏入的"禁区"，尤其是蒙着一层布帘儿的碗橱，更不能随便掀开。因为我知道，只有当我做了什么值得表扬的事儿，妈妈才会像变戏法一样从碗橱里取出独属于我的奖励，那惊喜或许是一块绿豆糕，或是一根大麻花，于是我童年的全部快乐和期盼都藏在了那层神秘布帘儿的后面。

如今再没有人用帘子来遮挡碗橱，可是我探求的记忆还在。

我曾无数次幻想忽然吹来一阵风将那帘子在我眼前掀开，那些美好再次浮现眼前。万般澎湃的觊觎源于对童年快乐的企盼，妈妈的碗橱永远深藏着她质朴的爱，以及我一去不复返的纯真……

从喝水、刷牙的缸子，再到大大小小的盘子、碗，家里用的各种盆、锅、痰盂，甚至是街边路灯的灯罩，在那个塑料制品还很稀罕的年代，我们的生活中曾经到处都是搪瓷制品。印象最深刻的是器物边沿深色的线条。在通体白色的器物上，深蓝色的线条，格外醒目。偶有斑驳锈蚀，露出黑色的金属胎体，那一定是生活的痕迹。

爷爷的写字台上，放着一个搪瓷茶缸，鲜红的"先进工作者"几个字绕着一颗红五星，虽然已经磨损得依稀可见，却是一个时代的见证。爷爷一把抱起我，放在他的书桌上，笑呵呵地开始给我讲故事，说到口干，便拿起茶缸，揭开盖子，喝一口茶，润润嗓子。

爷爷的搪瓷茶缸用了好几年了，磕磕碰碰难免锈蚀出了洞，侧边早有几个锡皮补丁，这是爷爷自己动手补的，锡皮是牙膏用完以后剪下来的。当年，还有专门用来修补搪瓷器物的黏合剂。

搪瓷缸子似乎是物质匮乏的年代留下的民族记忆。大概是物质匮乏吧，勤俭持家，物尽其用，是那时自然而然的选择。

中国20世纪50年代的碗橱

小时候最怕去医院打针,尤其是看见那个带盖子的搪瓷托盘,眼泪瞬间就涌上来了,捞起袖管,偷偷瞄着医生从搪瓷托盘里拿出针管和针头。手臂上凉了一片,酒精棉擦拭着手臂,一股淡淡的酒精味随之而来,更让人害怕起来,赶紧扭过头,眯起眼睛,浑身紧张起来,就等着针头戳入的那一下,哇的一声,哭了起来。

那时候对白色的、带着蓝边的搪瓷器具,总有一种特别的印象,那是干净、清洁的象征,让人觉得很放心。

岳母家的搪瓷盆

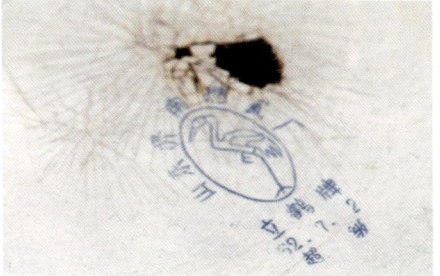

岳母家的搪瓷盘子

家里的各种盆也都是搪瓷的，洗菜的、洗脸的，还有盛饭的。家里有一只脸盆，是父母结婚的时候，朋友给送的。用了十几年，磕磕碰碰留下好多的痕迹，还在用。每天晚上，洗过脸，把自己的一块小手帕，打上肥皂，搓揉起来。搪瓷，又称珐琅，其实是一种古老的技术工艺，是以金属为基底，在其表面涂上玻璃质的瓷釉，通过高温烧制形成的复合材料。厚厚的瓷釉隔绝了空气，金属就有了防锈的保护层，瓷釉包裹的金属已经隐藏起冷艳，剩下瓷的润泽。

搪瓷最早出现在古埃及。19世纪初，欧洲研制出铸铁搪瓷，为搪瓷由工艺品走向日用品奠定了基础。1956年后，国内制订了搪瓷制品的工业生产标准，大量的搪瓷制品涌入了我们的生活。

这个外形润润的干净的，很像陶瓷的材料，让人很难意识到这是个金属做的。不怕磕碰也很耐用，表面像陶瓷的质感，使它变得用途特别广泛。耐酸耐碱，不易沾附味道，使它成为可以保存各种东西的容器。

在其他国家，搪瓷就是珐琅，现在依然被作为餐具和生活用品被使用，或是被小心翼翼地收藏保存起来。

在中国，搪瓷器物似乎渐渐远离了我们的生活，成为我们的记忆，而我们的生活里，又多了一种叫珐琅的器物。无论是记忆中，熟悉、温暖的搪瓷，还是听起来更美好的珐琅。

在岳母家找到了一个1962年济南产的白搪瓷盘，我把它刷得干干净净的，保存起来了。这也算是对原来的生活和原来的记忆的一种怀念吧。这个已经用了62年的盘子,很多磕磕碰碰的痕迹,记录下了生活的每个点滴,也让我看到了传统中的那个谓之奉行的物尽其用。

  这是我们的生活方式,充满了淳朴而又奇思妙想的生活智慧。

见字如晤

阳光照在书桌上，周围很安静，伴随着窗外偶尔传来的清脆鸟叫，笔尖在纸上流动的沙沙声，手指扫过纸张时的触感，让人觉得踏实。用钢笔书写，曾经是我们最为熟悉的生活图景了。

在一个周末的下午，一篇文字，就在意识和手指的指引下，描述了出来。

每一个文字都是一个符号，当这些符号被我们任意自由地排列组合之后，形成了一个个立体的生动的场景。可以是一篇日记，记录着我们今天的心情；可以是一篇文章，表达着我们对于一个事物的看法和观点；也可以是给远方久未谋面的亲人或者朋友，描述自己的近况和含蓄的想念；或是从书籍上摘抄下来，那些触动我们心灵的文字；而当我们握着一支厚实、有质感的钢笔，笔下的沙沙声伴随着我们的心跳，思绪，犹豫抑或热情，它似乎赋予了我们比面对面交流更热烈更深沉的表达。这也许就是钢笔书写的乐趣吧！

对于不同的人、不同的心情，我们会计较着字体的工整和墨水的颜色。对于喜欢的人，总是希望通过变换字体或者墨水颜色，来表达自己的小心思，希望对方能读懂。楷书、行书，蓝黑色、纯蓝色以及老师们专用的红色墨水，构成了我们那个年代的书写印记。

那个年代也许是最纯洁的年代吧！那时，久禁复苏的心灵，才刚刚开始渴望正常的人性。但又像刚松绑的手臂，很难马上就伸展自如。每个人都用最原始方式表达着，一个口琴，一把吉他，一支钢笔，用最原始的书写方式传递着爱……

上学的时候，我们写作业，抄文章，墨水有时候会不经意地漏出来，沾在手上、纸上，一挠头，额头上也有一条墨水的印记。或者同学间的玩闹，钢笔的墨水，被甩了出来，一长条墨点，宛若刀光剑影，从脸上一直划到衣服上。着急的会赶紧用手擦拭，却往往抹成了一个大花脸，同学们哄堂大笑，伴着上课的铃声，才安静下来。至于衣服上说不清的墨迹，不免回家挨上一顿骂。

不知道是否会有人设计一件这样的衬衫，上面有墨水的痕迹，如果有的话，我一定会买，因为那是我的回忆，回忆里有我们当年天真调皮的嬉戏。这是生活里最轻松的印记之一。

从芦苇笔、羽毛笔、金属蘸水笔、蓄水笔，到现代的钢笔，用了几千年的时间，"真正的钢笔的发明者"一直没有定论，钢笔的演变，是众人们通过技术、器物的不断演进完成的。

在这一过程中，铱合金笔尖、硬橡胶和自由流动的墨水这三点关键的技术，使钢笔曾经一度成为广受欢迎的书写工具。我们可以更为自由、便利地书写，随时随地记录闪现在脑海里的意识，将它们变成能够传递信息的文字。

图形、绘画、色彩、声音、文字都是构成信息的最基本的元素，基本在不足以引起我们注意的时候，就通过各种排列组合，

英雄钢笔与北京牌墨水

轻而易举地撼动着我们的生活。

当意识与手之间形成了一种默契，书写将我们的精神，通过肢体的描绘，自然流露与呈现了出来，那里面包含着一种如文字初创般的性灵。

书写是人的产物。记得那时候，心心念念地期待着某一封远方的来信。拿到信件时，却又不那么急迫地打开，需要找一个安静的地方，小心翼翼地拆开来。见字如晤，张开信纸的那一瞬间，那熟悉的笔迹，记录着远方的惦念。一封信总会反反复复读好多次，其实，是为了重温那封信中带着的喜悦。

上学时候的钢笔和铅笔盒

一笔一划地书写，逐词逐句地斟酌……在书写里，带着我们的情绪，带着我们的个性，烙下我们思想的痕迹。

很喜欢罗兰·巴特描写的书写的本质："在一笔笔昏沉的刻划中苏醒，继而渐渐舒展显现，因为它源于一种书写与文意之间的回荡出脱，诉诸一种细不可见的偏差（我们永远无法与它面对面地如实相遇，那一下子唤起的，不是那用眼睛看到的，而是背后那让人细味追寻的事物）。"

钢笔，不仅是我们意识的延伸与记录者，更承载着一些无法替代的记忆。作为文具，它不仅仅是一个书写工具，更像是一介灵媒，穿越时空，超越笔下的文字或图形，在生活和"我"之间反复穿梭，助我浪迹于现实和梦想之间。

A
RELIABLE CASSETTE MECHANISM
NORMAL BIAS 120μs EQ
D
TDK
IEC1/TYPE I NORMAL POSITION
D60
B
SONY
CHF 90

寻找回声

生活的美感,不仅存在于物体之中,更存在于人与物产生关联的故事之中。

这里面包含着我们的基因,包含着我们的记忆和经验。借着这些器物的存在,我们看到了关于感知、认识、欣赏以及关于继承的种种存在。生活中,人与人、人与物之间的关系所产生的联系,在寻找、期待、相识、相知的过程里,器物就成了关乎记忆、关乎生活经验的最好的联结。

每个人都有自己的视角和想象,都会顺着自己的想法,一步一步地去构建自己心中的美好景象。人们大都主动地让器物在生活与空间中,随着自己的意愿和心情,呈现出自己喜欢的氛围。

冬天什么时候会走?春天什么时候会来?也许我们马上会想到我们脱了冬衣,女孩子穿上了裙子。这中间,我们往往会忽视了,是小草的绿色把冬天结束了,就是这最不起眼的生命力击败了萧瑟和寒冷。

曾经和一位导演聊春天的印象,那是她导演的一个晚会的主题,春天是灰绿色的,那是小草萌芽的嫩绿,和大地的黑色混合出的颜色,懵懵懂懂却让人充满着希望。对于她而言,春天的记忆就是坐在自行车后座上,被春风吹起的长发和飘起来的小碎花长裙。

每个人也都在器物里寻找着自己的回声。因为每一件器物的背后，都藏着一个关于人的经验和智慧的故事。

这回声就像那一直放在抽屉里的，上学时候最喜欢的那盒磁带。每每拿出来，看着上面熟悉的每一个歌名，脑海里就会响起那些反复播放的歌，和当时一起听歌的小哥们儿。他们现在或为人夫或为人父，你会发现纵然事过多年，他们其实还是你当年认识时候的样子，心里还是会有些莫名的欣喜。

每个人心里都有一首歌，也许是因为旋律，也许是因为某一句歌词。音乐响起，每个人都开始在歌手的身上寻找着自己的影子，也许是歌词，也许是歌手的故事，也许只是寻找自己期待成为的样子。

曾经，为了买一张正版的音乐卡带，心心念念好久，不惜节省好几个月，直到把零花钱一点一点攒够。拿到卡带的那一刻，飞奔回家，迅速拆开外面的塑料封套，展开专辑附送的歌词海报，溢出的油墨香味夹杂着兴奋。迫不及待地打开录音机，插入卡带，伴随着喇叭里的旋律陶醉起来。听完A面，翻B面，不舍得用快进跳过任何一段被记载在磁条上的声响。

那时候，一盘卡带能来来回回听好久，对着卡带里附送的歌词海报，一句一句哼着。不经意间，某一句歌词或者旋律，触动了内心中最柔软的那一部分，随着我们的记忆一直保存着，即便多年之后，结婚、生子，为了生活忙碌奔波，再次听到时，依然难以忘怀。卡带里，记录着不仅是一段声音，更记录着我们呼之欲出的青春岁月和那些在荷尔蒙的刺激下肆意绽放的时光。

1963 年，荷兰飞利浦公司发明了盒式卡带。中国在 1975 年试制成盒式录音带。伴随着录音机的普及，纤薄、廉价的卡带在 20 世纪 70 年代迅速成为中国人接触流行文化的载体。20 世纪 80 年代，索尼 walkman 成了便捷式音乐的象征。卡带一举成为流行文化最为重要的存储媒介。再后来的 CD、MP3 等媒介的出现，卡带逐渐消失在我们的视野里，数码格式的音乐格式，成了主流。虽然现在还有很多音乐发烧友的群里，争论着"模拟味"和"数码味"的区别，但卡带带来的那种略显模糊的声音，也许真是和记忆中依稀的时光一样温暖。

倒带，快进，翻面，卷带……这样的画面，已经好久没有出现了。随着世事的变迁，一些器物逐渐消失在了我们的生活中，但器物上承载着我们内心中的感动却不会消逝。直到现在，卡带已经收拾在书柜的角落，但手机里总有那么几首歌曲，时常循环播放，永远不会删去，那是当年被感动过的旋律，和那些早已经刻在了心上的歌词。

喜欢的一首歌、一部电影、一个器物，其实都代表着一个人的生活态度："这像小时候家里用的那个桌子！这就是我想要的！这个盘子像妈妈盛菜用的！"像这样种种从器物中得到的信息和故事，才是使得器物和我们密不可分。

因为在器物上，我们找到了原有的记忆和经验，从而生成了额外的情感，这也使得器物超越其本身，成了我们生命的一部分。

富有经历感的器物，像是被岁月反复冲刷磨砺的我们，已然有了自己的故事。它们留下了着旧的记忆和味道，并且因为人、事件和时间的映衬又有了新的气质和更加平心静气的美。这种美来自内心，远远超出了器物本身的价值。

小时候家里有个黑色的漆花瓶，沉稳的红色瓶口，瓶身上面镶嵌着典型的日本松、竹、梅的螺钿图案。年幼无知，当时根本不懂，也没有在意过。多次搬家，这个漆花瓶已经有几处磕碰的痕迹了。直到大学学了设计，才开始重新审视这个花瓶。于是好奇地向奶奶问及这个花瓶的来历，她告诉我，这是多年前失踪的爷爷，年轻的时候从日本带回来的。

作为不多的纪念，我把花瓶带回了北京自己的家，和爷爷仅存的一张照片一起放在了书架上。

闲来无事，我总是把这个花瓶拿在手里打量，时不时有种冲动，想通过现在的各种技术把它还原到当时的样子，因为我很好奇它最初是什么样子，是在什么样的情况下，通过什么方式从日本被爷爷带回家里的。很庆幸我始终没拿去翻新。不知道为什么，虽然一直感慨于它现在的些许斑驳，但总是能感到熟悉和温暖。细细想来，当时的崭新本就是不属于我的，它属于爷爷、奶奶和他们的时光；现在在我手里，我能感受到的，原本就应该是时光逝去的味道，不该完美如初，所以也不应有憾。我应该做的，可能也是这个漆花瓶的使命，是回忆和纪念。如果它焕然一新，再次看到它，我想我会无动于衷，因为当年崭新的它和当年年轻的我本无任何牵连。

一直都留着从小学到大学的校徽。对于我而言，这些大大小小形状材质各异的校徽既是一种回忆，也是一种纪念。这些校徽记下了我将近二十年的学生生活。于我而言最珍贵的，就是大学本科的中央工艺美术学院的校徽。那是一个在那个年代，需要拼命才能考上的学校。每年五六万人报考，全校却只招 120 个人，每个系只招 15 个人。为了这个校徽，我拼了两年的命。依然记得当时拿到校徽的情景，那时候，美滋滋地戴在胸前，舍不得摘下来，直到戴了一年多才逐渐接受了这个事实：我真的考上了，不是在做梦。

爷爷带回来的日本漆器花瓶

十多年前,这个学校已经被另外一个学校合并了,变成了如今的清华大学美术学院。很多人都觉得是件好事,似乎比原来更有名气了。但如果没有类似的经历,很难理解那种在心理上失去母校的感觉。现在,原校址也被拆除了,这个学校在地球上也就彻底消失了。每次开车经过学校的原址,望着那个在施工的工地,都会想:若干年后,我们一定会带着自己的孩子来到这个地方,那时应该只能对着天空画一个大圆圈,然后告诉孩子,这就是你爸妈当年学习生活的地方。

原来学校的所在地已经盖起了据说亚洲最高的楼,所有美好的回忆也只能存放在这个白底灰字的校徽上了。

想必每个人自己心中可能都有一个无可取代的物品,也许是欢喜于其无法比拟的实用,也可能是因为某种永别而带来的

原中央工艺美术学院校徽

永不磨灭的记忆。

　　是物的美好把我们的生活变得美好，还是我们需要与物之间形成最和谐的关系，从而感受到内心的愉悦？

　　日常生活中随处可见各种各样貌似不起眼的器物，它们往往是以生活为主轴，如影随形，陪伴我们左右；无论过去还是未来，器物都是因符合当时最基本的使用价值和基础的审美价值，才得以流传下来。人与物的关系就是这样相互刺激，相生相克，相克相生，不可独活。这是一个互动的过程，是你中有我，我中有你的存在；人与物在环境中，相爱相杀，相杀相爱而后继续以生活为轴，延绵不息。每天被人使用着的器物继而成为一种特有的符号，它在其原有的应用属性之外形成了一种独特的文化体系，关乎审美、关乎价值观，也关乎我们和它们的生活方式。

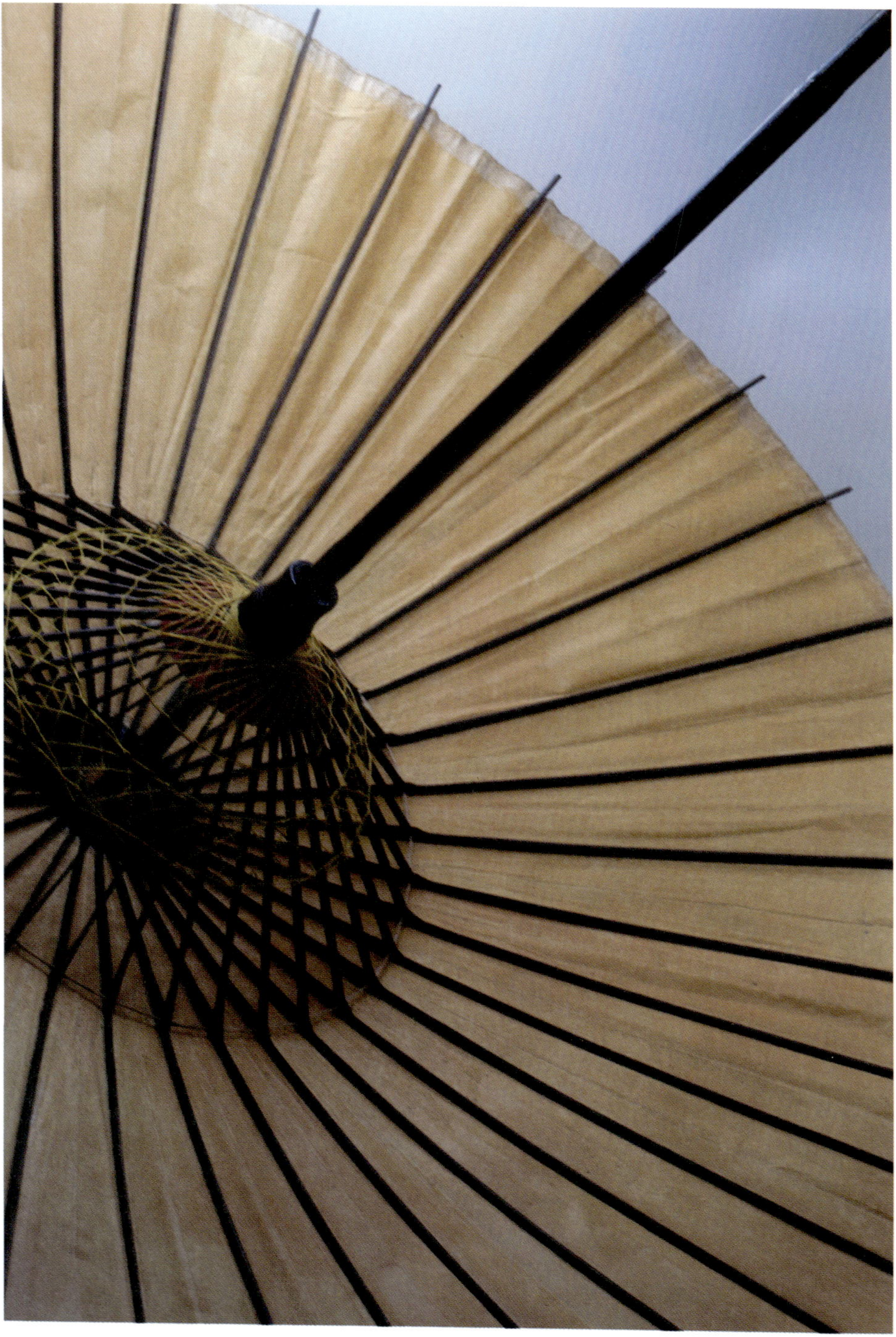

时而被冷落的雨伞

如果考古是让我们了解我们从哪里来，做过些什么，那么，对日用器物背后的故事的探寻，更像是一场设计考古，这样做，往往能让我们发现原来的生活轨迹和生活方式，从而让我们推演出未来生活的方向。

下雨的时候，大家总会匆匆忙忙地找到雨伞。平时，它基本会在一个不起眼角落里，静静地待着。直到被天气预报提醒，或者电闪雷鸣时，我们才想起来去找到它，用过之后便又放回到角落；有时被朋友借去忘了还，有时因为雨过天晴的喜悦随手忘在了某个地方，它们也就被淡忘了。

一看"伞"这个字，基本就能明白它与人的关系了。"伞"这个字的出现大概在南北朝时期。一个人字形的顶盖，下面有好多人字形的支撑，有一把手柄支撑着，这就是"伞"几千年来不变的结构了。

"孔子将行，雨而无盖。"孔仲尼虽已名震四方，却依然一介布衣，无伞盖随行。

三千年前中国人已经开始使用伞了。

这里说的盖就是绫罗伞盖的"盖"，是那时被称作"盖"，是一种大伞，用在车上。据《史记》载："五大夫之相秦也，劳不坐乘，暑不张盖。"这里的盖就是避暑用的"阳伞"。

古代人对不同等级的用车有着严格规定，进而对"盖"也有着相应的规制。不同规格的"盖"是身份与地位的象征。王及王后的车辇用"羽盖"，即用漂亮的鸟的羽毛装饰的，听着特别奢侈的伞。而其他有如"青盖""皂盖"根据颜色和材料的不同，则出现在不同的等级之中。而那时普通老百姓是不能越权使用的。需要有人在后面跟着打的伞，一定不是老百姓用的。

也恰恰因为这个原因，现今"盖"已经在我们的生活中消失殆尽，只能出现在电影和电视剧里了。

"孤舟蓑笠翁，独钓寒江雪。"柳河东先生用极简的文字记录下了雪后江边的那片孤寂，也让我们看到了当时的人常用的雨衣。

这里面笠就是竹斗笠，戴在头上，"蓑"就是穿在身上的雨衣，也叫蓑衣，是人们用一种不容易腐烂的草，或者用棕编织成了可以遮雨的雨具。当时，这是民间最常用的雨具。当时还有一种称作"簦"的物件，是竹子做的，是一个带柄的斗笠，但还不能收放，这大概就是"伞"的雏形了。随着时光的演变，"簦"演变成了能够收放的"伞"，这个字也就不常见到了。

耕织日滋，生计趋旺。唐朝时，纸业发达，聪明的工匠们在纸上抹上桐油，用竹子做骨架，制作出了"油纸伞"，这种伞不仅防水，还很轻巧，撑起来非常方便，竹丝和茅草就这样被油纸取代了。纸上更易于绘画，做各种装饰，是人们彰显兴致情趣的最佳道具。

时至今日，散发着浓浓的桐油味道的"油纸伞"，依然是我们对于烟雨江南的最直接的想象。清凉伞上微微雨啊！

一把伞，寻常物。在生活中如此常见，家家户户都备着，根本不会被特别注意。到了下雨或者下雪天，便会拿出来使用，遮风避雨。

现如今，尽管材质、色彩上都发生了很多变化，形形色色的伞依然伴随着我们的生活，但这个遮风避雨的工具，仍旧是那样的结构，几千年了，没有变化。

很多日用器物都是在时间的推移中，由最初的形态不断的演

湖南地区的油纸伞

进，逐渐变得越来越适用，越来越好用。从出现走到现在，每个器物从造型、材质、装饰和生产方法都在不同的文化背景下、不同的使用环境里和不同的使用者的影响下，不停地变化着；在这个过程中，是否实用、适用成了最重要的判断标准之一。

物竞天择，适者生存。器物也一样。人们不断丢弃不实用的东西，新的适用的东西也会不断产生；各种器物在不断地被丢弃，而那些经过生活的考验，得以保存下来的东西，一定是好用、实用，一定是适合生活的，真正服务我们生活的日用之器。

请喝茶

什么叫底蕴呢，底蕴就是一种内心蕴藏的才识、才智。因为祖辈父辈层层传递，因为家家户户耳濡目染，一个不识字的人也自然而然陶冶其中，价值观在潜移默化中于焉形成了，而这些价值观的组合，就是文化。一个民族的传统文化就凝结在器物之中，这个民族有多博大，它的器物文化就有多丰富。

客至请茶，是中国人一直以来的待客之道。有一天，去好友家做客，见她不慌不忙地在我面前放好茶杯垫，然后把茶碗轻轻地放在了杯垫上面，仿佛要驾轻就熟地开始一个仪式。

一只茶碗，静静地摆在那里，存在的意义是无限的，这应该是我们中国人特有的含蓄吧。茶叶的好坏，代表着主人对你的态度，用什么样的水来煮，用什么样的壶煮水，用什么样的壶泡茶，用什么样的茶碗盛茶，各种讲究展现着主人对生活的态度，也暗示着对你的尊重。所有的过程都不需要语言，大家都在这个约定俗成的规则中，进行着。

喝茶，是一个人构建属于自己的个人内心风景的过程。当我们把茶碗，从茶壶、茶盘、茶器、花木、盆景、雅石组成的案上山水中，轻轻移到嘴边，这个风景便完全升华在那缥缈的水汽中。

当年周作人因为错过了徐志摩讲的茶道，独做了一篇小文，

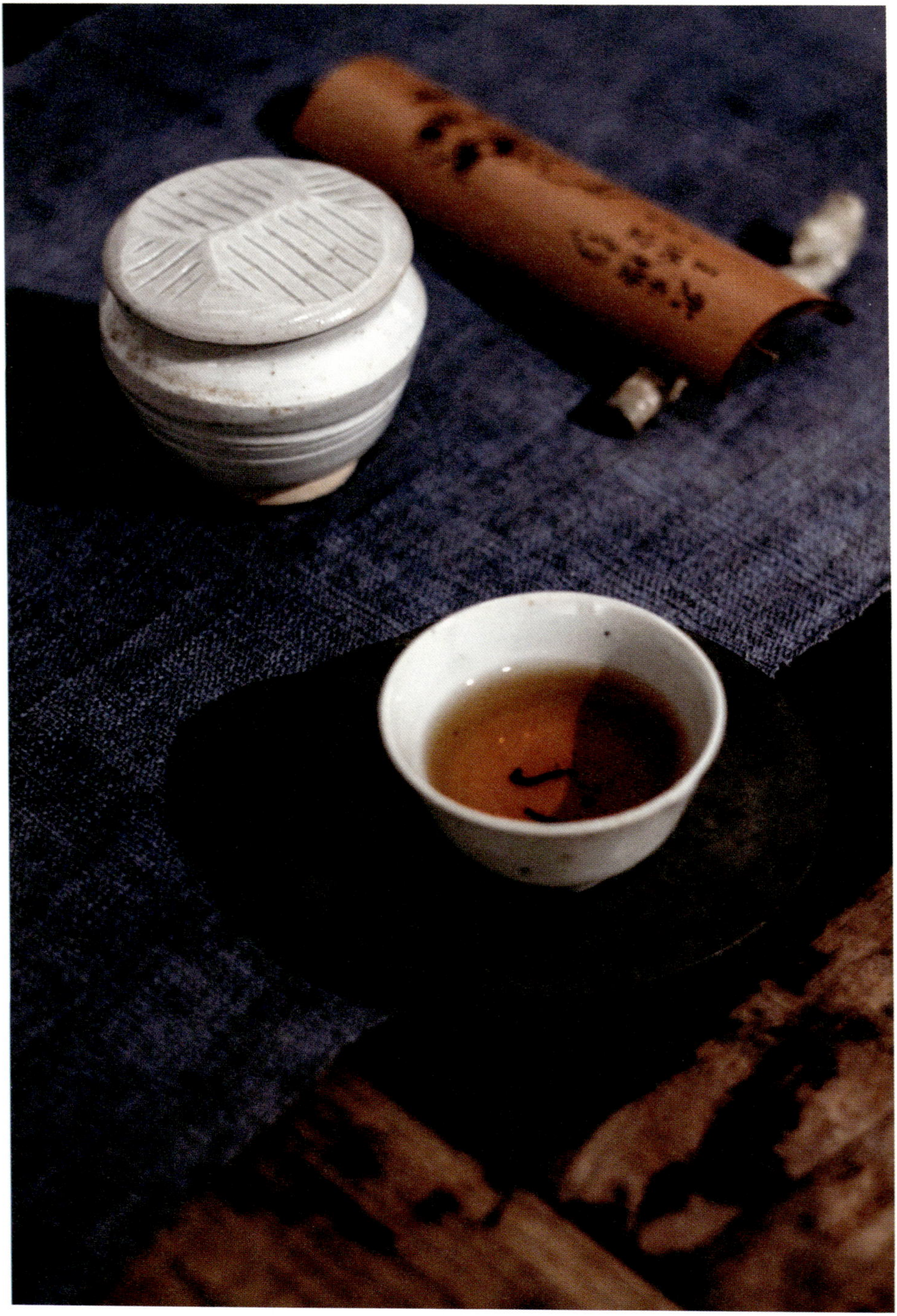

记录下了他心中的茶与道:"喝茶当于瓦屋纸窗之下,清泉绿茶,用素雅的陶瓷茶具,同二三人共饮,得半日之闲,可抵十年的尘梦。"

看来,每个人都在这杯香暖的茶里,追求着另一种的愉悦。手心的茶碗中,茶叶在碗中的婀娜、茶香在面前的袅袅,借着芬芳或浓酽的茶香,很容易让人们联想到那烟雨蒙蒙、人迹罕至的高山上,那棵依然屹立的千年古树,那里,才是人的灵魂与自然交流的地方。

斟茶倒水,难免会有洒漏,端起茶碗喝水的时候,也难免有溢出,小小的杯垫却把这份尴尬悄悄地吸收了,同时也让桌面始终保持着清洁。一个杯垫,礼貌地指示出主客的位置,含蓄又不张扬,带着不需言语的尊重,这就是中国人的待客所遵循的道。一切都是那么理所应当,又在那么顺其自然的规则之中,完成了一个熟悉化的反应过程,这就是我们所说的"百姓日用即为道"的"道"。

中国的每一个器物都是有生命的,而生命必定是无穷多样的,所以,生活中的一碗一筷都有无穷的意义存在。中国人隐含在器物中的生活智慧,在这个小小的茶杯垫中,表现得淋漓尽致。

人们在彼此认可的规则中,逐渐地形成了约定俗成的默契,于是,生活里的衣食住行,待人接物,便在这默契中,你来我往,变得美好起来。这便连一个动作,一杯淡淡的白开水,都有了珍重。台阶上的阳光、窗台上的花草都美了起来。

器物超越了纯粹的使用功能，经过岁月的打磨，也变成了一种情感的依托。通过器物，人与物互相依存，建立了某种亲密关系。它不再是一件无生命的东西，而是寄托了人们的情感生活。

　　"坐酌泠泠水，看煎瑟瑟尘。无由持一碗，寄与爱茶人。"我们煮水、泡茶、放松地进入语言与思想之间的宁静。无一物念、无事安心的虚空中，茶香的扰动让我们找到内心的感动。

　　在这片叶子面前，无分贵贱，因为每个人心里都有一片最美的叶子，每个人都可以根据自己的喜好，听从自己的内心，用茶器、草木、雅石构建出自己的案上山水和身边风景。无论晴雨，无论晨夕，在光影中，细细品味草木的变化，雅石的多姿，在动静之间，茶是一切最恰当的介质。发现一杯茶，感受一杯茶，向往一杯茶。这时候内心的自我都打开了，就能慢慢进入茶所带给我们的世界了。

　　在这看似习以为常的习惯中，我们通过这片叶子，寻找着日常生活里心中的"道"。

心有所栖，物有所向

《疾走罗拉》里那个红头发的女孩一直和时间在赛跑，三种不同的生命状态，三个不一样的答案，值得庆幸的是她还可以通过奔跑改变生活，调整一些貌似和命运相关的契机。在这奔跑后面潜藏着时间对人的摆布，我们要在规定的时间上班、下班、吃饭、结婚、完成工作，谁都有无奈，谁都在不停地像机器一样运转。

然而总还是有一些敏锐而孤独的心灵，在时代剧烈的拉扯中感受到了某种失血般的眩晕和焦灼，他们就像迷失在都市高楼间的候鸟，在四季混沌的夜晚，无枝可栖。这有些许悲剧的色彩，让我们更容易联想到鲁迅关于"悲剧"的定义："悲剧是将人生的有价值的东西毁灭给人看。"（《再论雷峰塔的倒掉》）生活不就是这样吗？还有什么比这个解释更贴切更有说服力？

所幸，一些碎片还在，那些我们曾经使用过的器物虽并不完整，但记忆还在，温度还在。

小时候的手风琴、妈妈用的巧果模子（已经变成装小物件的盒子）、小时候家里的醋瓶；这些如今都被摆在柜子里了，它们原来的功能也都没有了；但我每天都能看到，也时不时会想起当年的一些影像。

妈妈用的巧果模子

　　我们常说睹物思人。中国人从来都能自然而然地捕捉到存在于器物之中的细微情感与气息，或喜、或悲。记得小时候家里用了好多年的一只茶壶被打碎了，虽然也能用别的替代，但总觉得别扭。也会为了自己心爱的一支钢笔弄丢了，想起来就四处翻翻找找，总希望它能在哪个角落或缝隙突然出现，甚至想到突然找到了自己得有多高兴，虽然每每以失望收场。现在想想，其实我们要找的，不是那把茶壶或那支钢笔，我们是实在舍不得它们和我们曾经有过的各种交集；它们丢了，过去的一部分生活印记就跟着一起丢了，或者就算一些记忆还在，我们也没有办法继续互相陪伴了；这种内心的失落和遗憾无法清楚准确地用语言表述，但它们已经占据了你心里最柔软的地方。这就是人和器物在同时空交集中产生的奇妙的感觉。

小时候家里的醋瓶

器物的身上，有我们从前生活的风景和生活变迁留下的痕迹。从走进我们生活的那天起，器物已经变成了"我"或"我们"的一部分。器物对于我们，是自我价值观和审美的投射，也是我们用来划分社会位置的符号。

对器物的选择就是对生活方式的选择。很多时候，我们所拥有的器物往往是我们对周边环境的态度，以及我们对待生活的态度的反映，是我们自我人格具象化的体现。

"人期望不断占有私人物品的目的，是扩展自我感知。"像保罗·萨特在《存在与虚无》中写的那样，"仅仅通过观察我们拥有什么，我们就可以知道自己是怎样的人。"

这些年我一直有个习惯，无论是去朋友的公司或者家里，都会下意识地看一下他书架上的书。因为通过书，我们能够感知到他的喜好和生活态度。

很喜欢一款瑞士设计的叫 sevenfriday 手表。表的外形轮廓像小时候家里的电视机，就是那种一根真空管结构的 CRT 电视机，内部机芯模拟了工业生产上的各种转动的齿轮，虽然指针已经被设计得很不明显，在光线暗下来的时候，很难确认时间，但还是第一眼就喜欢上了。也许是因为做工业设计的原因吧，我选了一款工业革命系列，每天看表的时候，那些规律转动的齿轮，总能让我想起电影里那种冒着白色蒸汽的、轰隆隆转动的蒸汽机。

去导师的工作室，看到师弟带着同样一款 sevenfriday，我们俩会心地笑了。有了器物做桥梁，有时候人和人的交流就变得简单很多，比如这块普普通通的手表就在瞬间帮助我们完成了一些无需语言的交流。因为它让我们明白，我们有着相同的爱好，

sevenfriday 手表

喜欢同一件器物，甚至在追求相同的生活方式。

每一天，器物伴随在我们生活的左右，从开始新一天的洗脸毛巾，到组成整个家庭空间的家具，再到每天都要用到的餐具；它们无声无息地帮助我们完成一天的生活，也无意间变成了我们每个人的个人符号。

器物的色彩、形态以及表面的装饰，往往是我们个人形象的代言人。我们之所以选择自己喜欢的，不仅仅是满足我们的需求，更多的是我们对生活的态度。而我们所选的器物也往往把我们塞进纵横交错的社会网里，并替我们完成了在社会上的定位。

如黑格尔所说，人的实践生活并不仅仅是为了满足感性欲望，就是我们所说的动物性的生存需求；人还需要被承认，这是最基本的社会性；而对器物的选择和拥有，恰恰就是我们被认可和肯定的最基本的方式。

从被器物触动、吸引到购买，是一个人的原始的冲动，是一个物欲占有的过程，是一个非常有满足感的过程。这种满足感来自人天生的动物性和后天形成的社会性。

人类的进化过程，就是一个在优胜劣汰中生存和繁衍的过程。食物的囤积，工具的改良以及空间的占有，是基本实力的体现。实力越强，抵御危险的能力就越强，而由此产生的安全感就越强。在寻找安全的满足感的驱动下，我们展开了各种竞技，如此往复，就像一群背着食物的蚂蚁，循环往复地爬行在那个没有尽头的莫比乌斯环上。

从优胜劣汰的动物进化开始，寻求承认就已经是烙在我们基因中的原始欲望。虽然，进化的过程实在是太漫长了，直接导致我们的基因，一直向着适应这种逻辑的方向演化着。这基因，也练就了让我们更好地生存下去的本能，和获取承认的本领。

占有是生存的本能，展示出来才是获得承认的手段。于是，人们通过各种手段来表现他们占有的多少，进而体现他们被承认的程度。戴着精雕细刻的珠宝，吃着难以获得的食物，穿着花费很多人工才做出来的衣服；逐渐地，我们已经习惯于通过器物的独特性和稀有程度来衡量它们贵贱与否，通过制作时耗费的时间和劳动，来衡量它的价值，界定着被承认的标准。

当最昂贵的宝石被镶嵌到皇冠上的时候，这背后往往暗示着对物质财富占有的多少和社会地位的高低。

这个标准一直在当下的社会延续着，很多人试图利用某些产品的商标来给自己贴上标签，并试图用标签来完成身份识别甚至身份划分。希望通过这些产品，体现自己在社会中的位置，来完成个人对于安全的满足感的需要。奢侈的大牌包包，千万级的豪华跑车，想想看，我们是真的需要这样的产品吗？

很多时候，在内心的安全感没有得到满足的时候，或者感知到周边同伴对自己产生威胁的时候，人往往会通过展示物质占有的多少，来期望与周边同伴或者环境产生一定的安全距离。

我有六条可爱的狗狗。体格最大的是一只史宾格，叫幸福。而脾气最大的、最爱叫的，恰恰就是家里最小的，只有拖鞋那么大的黑迪，一只黑色的小泰迪。每次幸福想要靠近它，想和它玩的时候，黑迪总会使劲儿地冲着幸福大叫，始终和幸福保持着安全距离。

通过各种手段来完成对占有财富的炫耀，应该和黑迪对着幸福大叫的道理一样吧。

寻求被承认的满足感，是人的社会性中最大的动机。黑格尔曾经提出："为寻求承认而斗争是人之为人的核心所在，'最初的人'追求的不是物质占有，而是欲求他人承认自己的自由和人性。"

所有人都有自我实现和寻求承认的需要，只是在不同的社会处境下，人们对承认的定义和表现形式可能不一样。有人是通过大量占有物质，来寻求被承认的安全感，有的人是通过对知识的大量获取，来使内心强大，获取承认。除了满足生活必需之外，我们不断增加收入、扩充消费的行为，都是无形中在完成这个目的。动物为了生存，会囤积食物，但往往囤积到够用就可以了，不会囤积到自己显然吃不完甚至浪费的程度。只有我们人类为了社会的认可，才会大量占有，甚至刻意地大量浪费。

对器物的选择和拥有，也是人潜意识里社会地位的反映。器物是一种符号，为每个人在社会中，塑造着相对清晰的形象和身份，在无形中，帮助我们完成了自我人格的具象化。我们被器物强化了属于自己的社会定位，同时也利用它来区分不同的群体。

如今，谁还真正需要另外一条牛仔裤呢？谁还真正需要一台更大屏幕的电视？谁还真正需要喝一杯昂贵的咖啡？也许我们真正需要的是藏在它们背后的故事和某种象征吧。

第二章　日用之器

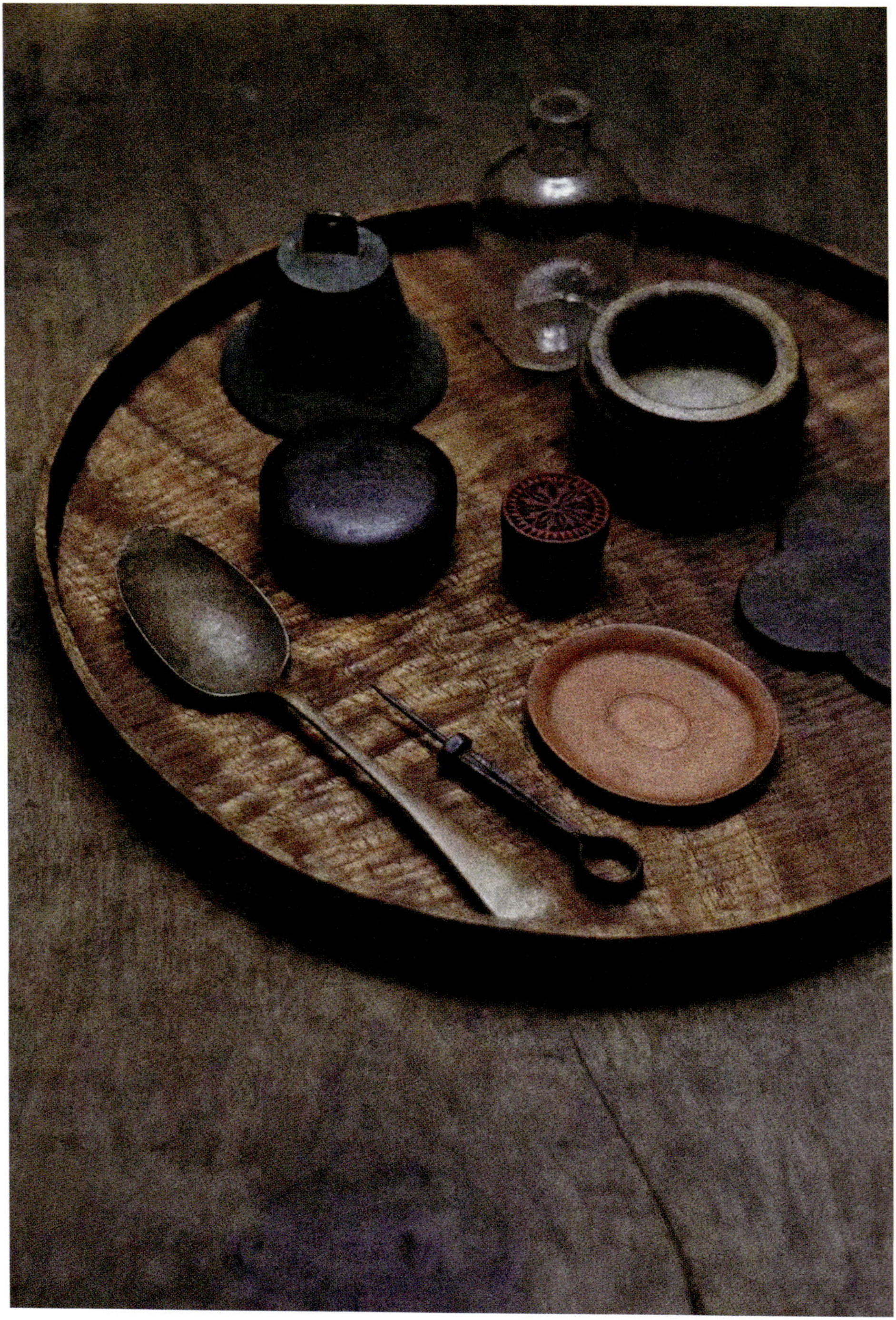

日用器物在我们平凡奔忙的生活中，承担着各样的责任。从日出到日落，在厨房、餐桌、客厅等各种复杂的环境下，饱受着水深火热，磕磕碰碰的考验，默默地帮我们处理着日常生活中的各种事务。如此近距离和密切的接触，让这些每天一定会用到的器物，自然而然地频繁出现在我们的生活里，甚至心里。或许每个人都有自己心中的那个无可取代的物品，也许是欢喜于实用带来的好处，也可能是因为某种缘分产生的情感。

　　器物总是在人们形形色色的生活中扮演着不同的角色，为我们解决各种问题。在如此循环往复的生活中，我们总会遇到一些想和它一起生活的器物，无论是因为喜欢它们的颜色、材质还是形状。有些时候，总是让我们隐隐觉得，自己可能会把这些器物用一辈子。

　　想想看，人与每日使用的器物之间，一定有着某种偶然和必然的缘分。虽然可能因各种原因，被人们根据个人的喜好去选择，但它们也往往是我们生活中不可或缺的，为我们生活带来快乐的生活道具。只要能去用心体会和品味，通过它们，我们就能把日子过得快乐而美好。而每一次对器物的选择，往往可以让我们透过它们，发现和认知隐藏在生活里的智慧和美。

　　赫尔辛基的鱼市场旁边，有一个周末才开的旧货市场，是我和妻特别喜欢逛的地方。一到周末，会有很多人来这里，很多的旧物堆放在地上或者摊位上，我们在其间翻看着，摆弄着，希望能从旧物的身上，发现些什么。在那里我们买到了一个小刷子，一个小刺猬样子的刷子，虽然至今也不知道它究竟有何用途，我们还是特别喜欢的，把它放在了书架上。它调皮的样子，让我们每次看到它，脑海里都会浮现出它被制造出来的场景：一个穿着皮围裙的工匠，快乐地吹着口哨，粗糙的手用砂纸仔细地打磨着它的木头身体，为它装上一根根的刷毛，那是小刺猬身上的刺。然后，小心翼翼地给它点上两个玻璃做的淘气的小眼睛。最后，把它放在工作台上，那里有一个个已经做好的小刺猬，排着整齐的队伍，调皮地摆在他的桌子前，眼睛一眨不眨地等着下一个小伙伴的到来。

很幸运，让我们遇到了它们其中一只小伙伴，并带回我们的家里。它的到来，让我们完全能感觉到，它的主人想要带给我们

从赫尔辛基旧货市场带回的小刺猬刷子

的欢乐。

　　器物是值得我们去尊重的。倘若能安静下来，用心地去感受器物，以及它所传达出的对生活的诠释，那么，我们便可依据自己的感知，借助器物来构建出自己喜欢的场景和氛围，甚至构建出一个让身心都愉悦的只属于自己的小世界。

凉白开

朋友寄来了他非常喜欢的一把玻璃壶。见到这把壶的时候,我在想,为什么要把玻璃做这么薄?让人产生不敢触碰和必须小心翼翼的感觉;但这种轻薄却似曾相识,似乎在哪里见过、用过,也许很像小时候家里用过的装凉白开的玻璃瓶吧!

朋友送的玻璃水壶(日本广田硝子出品)

小时候,爸妈每天会凉好一壶凉白开,等我们玩累回来喝。我们通常都是在被喊回家很多遍之后才气喘吁吁满头大汗地冲进家门,咕嘟咕嘟地端起杯子大口喝爸妈早已准备好的凉白开。类似的事情如此自然，像我们意识不到的呼吸，以至于很多时候，我们很难轻易回忆起来，除非有某个契机，比如眼前这个像极了小时候装凉白开的玻璃壶和那个时候每天都喝的凉白开。

凉白开是那时最普遍的可以称为饮料的东西了。它天然、健康、没有任何加工，但是非常解渴。

小时候，每家都有一个烧开水的大水壶。水烧开的时候，壶嘴里冒出了蒸汽，弥漫在整个房间里，壶盖在冒出的蒸汽上，不停地颠簸着，发出"咔嚓、咔嚓"的震动声响，在提醒我们，水开了。于是大人们赶紧放下手里的活计，把水灌到暖水瓶里。现在的电水壶虽然大都加了提醒功能，但终究少了很多平常日子的烟火味。

那时候，家家户户都有一个装开水的暖水瓶，外壳通常是竹编的。新烧的开水，白天沏茶待客，或者只是一家人解渴，到了冬天的晚上，剩下的开水就会被灌到暖水袋里面，用来暖手暖被窝。

而夏天烧好的开水，往往会被放在玻璃的凉杯里，自然冷却，成了"凉白开"。透明的玻璃杯里，透明的水，就是我们常说的白开水。那时每天放学回家，这是最解渴的饮料了。

我会偶尔偷摸放进一块冰糖，做一杯美美的糖水，犒劳自己。那时候的日子似乎是一杯白开水，放了糖的"凉白开"就已经格外的美。

一个饭碗、一个勺子、一个木盘，或者一个水杯，这些普通的日常器物，如果是因喜爱而选择的，哪怕是喝一杯白水，也会因器物的美，而喝出不一样的味道和心情。

这个透明的薄薄的玻璃壶就给了我不一样的喝水的心情。这种小欣喜，来自内心对器物价值的欣赏，而这往往是一种纯粹属于个人的、难以描述的满足感，每每拿起这个玻璃水壶都会觉得快乐。

喝水的时候，如果能轻而易举地感知光的轮廓和水的形态，那一定是一件快乐的事情，这个玻璃茶壶做到了。借由光线呈现出来的器物的美，薄薄的玻璃壶帮我们完美地勾勒出了水的样子、光的轮廓，同时，薄如纸的玻璃，也最大限度地消除了器物与外界的边界，在似有似无中，我们喝进了阳光也喝进了水。

玻璃，这个四千多年就已经出现在两河流域的，一种薄而致密的透明的材料，它可以阻挡风和雨水，却可以让光从容地透过，说它神秘也不为过。几千年来，它们以各种各样的形态，一直存在于我们的生活中。

这一次，设计者似乎要更加强调它的神秘感，壶壁被有意设计得超乎寻常的薄，如果不是壶的外形与外界划出了界限，根本感知不到壶的存在，这也许是设计者的初衷吧？把玻璃做到似乎不存在的状态，可以清晰地感知到水的存在，透过它，仿佛我们与熟悉的水世界已经没有了隔阂，近在咫尺，仿佛就握在手里，这种亲切和快乐无以名状。

是什么让我们对一件日常的器皿产生如此的喜爱？让我们就这样毫不防备、一厢情愿地，一头栽进设计者为我们构建的世界里？与貌似更讲究的紫砂、陶瓷等茶壶相比，这个玻璃水壶薄到

极致，软化了原有材质的冰冷及刚硬，展现出妥协的质朴，让我们感知到了设计者想要表达的生活语言，及对自然力量的尊敬，

竹丝编暖水瓶

桌面上的玻璃茶杯

也让我们瞬间感知到他对品质的极致追求和内心最纯粹的愿望。我们和设计者的这种共鸣，完全是因为器物本身能够反射出我们的强烈的个人信号，使我们不自觉地觉察到，我就喜欢这个！当材质与光线、身体产生对话的时候，视觉变成了触觉的延伸，触觉变成了视觉的延伸，经由视觉与触觉的相互转换，自然的力量与设计者的意图也就很准确地传达出来了。

好的器物通过人的感知，被重新组合，重新定义，并赋予其情感价值。使用者才可能进一步发现其某些潜在特质，并进而创造出属于我们个人美学的独特品位。当使用者的双手触摸器物的细节并于无形中完成了一次情感沟通时，设计者的心愿也通过这件器物完成了一次完美的传递，这样的器物是最美的信使。

材料的选择关乎生活的质量和生命的质量。器物的材质往往会投射出设计者的情感和心理，也指引着我们返回记忆中，体验材料带给我们的快乐。

被刻意减到很薄的玻璃，是我们原有记忆中没有的，在打破了我们对玻璃的原有认知的同时，又带给了我们新的体验：原来玻璃还可以做成这个样子啊！

创新往往是对材料和技术不断的改进和改良，就像这个玻璃壶，当通过技术的改进，把玻璃这个材料做到特别薄的时候，我们原有对玻璃的记忆和经验已经被突破了。在我们对原有记忆产生疑问的同时，又从这个创新中，发现了原来材料和技术的记忆和经验的痕迹，在不断的例证和判断中，我们获得了意外的惊喜，这个惊喜作为新的信息，又填充到了我们的原有记忆之中，从而在自我肯定中，得到了快乐。这种快乐，有点像在一个黑暗的空间里，看到一束阳光照进来的那种感觉。

黑暗淹没了一切，我们的记忆和经验失去了认知和判断的参照，变得迷茫和不知所措。光线闯进了黑暗，重新为我们描绘出事物的轮廓，让我们能再次凭借着记忆和经验去感知周边的世界。

对于创新而言，其实是一个人对自身记忆和经验的再识过程。创新是让人快乐和惊喜的，从辩证的角度，"新"是相对"旧"而言的，"新"又是从"旧"衍生出来的。所有的想象都不会凭空而来的，对"旧"的了解和认知，恰恰是为"新"提供了想象的基础。原有的记忆和经验是新的事物萌生的基础，也是我们认知新事物的基础。

触景生情

"个体的认知都是通过自己的存在重新认识生活、认识自我、认识自己的目标的。"大学的时候曾经迷恋塔可夫斯基写的《雕刻时光》。那时候,对于一个马上要走出校园进入社会的人而言,未知世界令人向往,也让人不安。于是便四处寻找着可以滋养自己的书,迫不及待地希望在书里发现些什么,抓住些什么。

依然记得他书里写的话:"个体会利用人类所积累的全部知识,但毕竟伦理和情感上的自我认知体验才是每个人生命的唯一目标,且任何一次认知都是主观上的体验。"

2013年北京设计周引进阿姆斯特丹设计师设计的大黄鸭,很多人赋予了它很多的意义,说这是很好的行为艺术、装置艺术、设计,大家把所有的赞美的话都给了它,我也很喜欢这个大黄鸭,看着有种说不出来的亲切。但是我仔细想想,喜欢它的原因是因为它是小朋友洗澡的时候澡盆里最常见的一个玩具,想必很多人小时候都用过这个玩具吧。后来听到阿姆斯特丹的设计师介绍他的创意,他的设计灵感也是来自一次海上沉船,有一集装箱的小黄鸭在船上漂起来,是出口的小玩具。就这样,我们童年记忆中的影像,被这个大黄鸭彻底地放大了,儿时的情景像电影

日用之道系列家具——沙发和边几

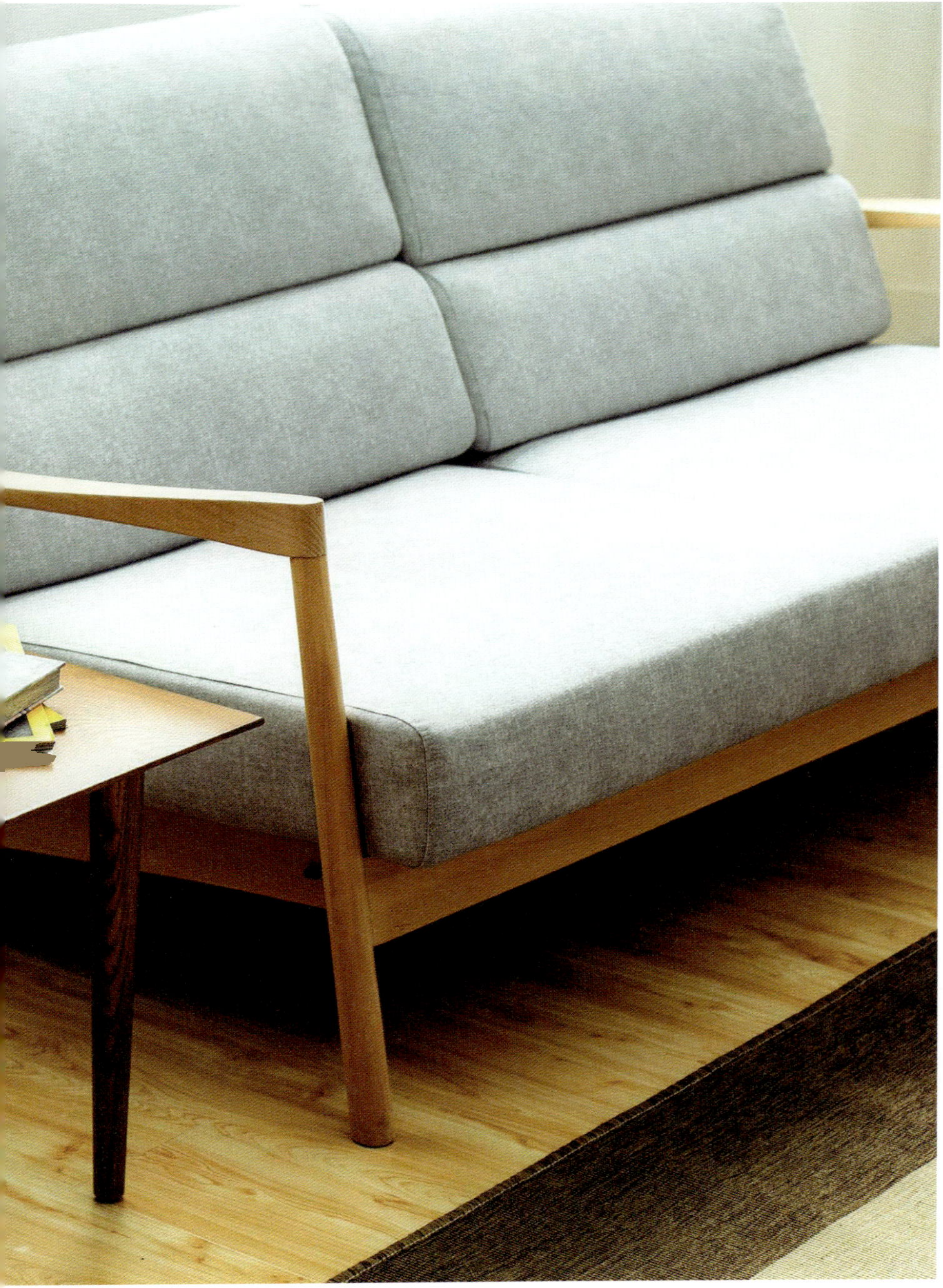

一样，也不自觉地出现在我们的脑海中，一种道不出的熟悉感，把我们和作品的距离迅速拉近了，因为作品里隐含着我们过去的记忆和经验。

人们通过感觉、知觉所获得的知识和经验，会储存在人们的头脑中，并在需要时能再现出来，这种积累和保存经验的心理过程，就是我们所说的记忆。很多时候，我们对新事物的认知过程，其实是一次记忆和经验的再现和再识的过程。

在产品中看见或认出自己的记忆和经验，是一种无需代价的快乐。这种快乐来自对自己所认知的疑问后的肯定，和似乎逐渐缩短的，与心中那个未知世界的距离。

为了更多地获得这种快乐，我们四处寻找着，遇到能够让我们满足的产品，我们便会毫不犹豫地把它带回来。现在想想，我们身边有多少产品，是因为相遇时的那个冲动带回来的，虽然，带回来后发现，并没有什么用途。

很多时候，被产品里所隐含的某些说不清的东西所触动，才促使我们把它们买了回来。

有一天，店里来了一位六十多岁的老先生，带着儿子和儿媳。在我们店里的一个木扶手的沙发上，默默地坐了半天，右手不停地在沙发的木扶手上摩挲着，突然抬起头，对儿子说，我们就买这套沙发吧。

木扶手沙发，是那些从六七十年代走过来的人，心中无法磨灭掉的记忆吧！那时候，很多人家里都有一对木扶手沙发，而每个木扶手沙发的背后，都隐藏着一个足以让人瞬间产生回忆的故事。那是从当时苏联和民主德国传过来的,很多人家都是四处找图纸,然后请木匠到家里打的。小时候,我的家里也有一对木扶手沙发,上面铺着一条毛巾被,放在窗户的下面。阳光好的时候,爷爷会拿个玻璃杯,沏一杯高沫,靠在沙发里,慢慢地看着报纸。

这就是我对那时的木扶手沙发的回忆,一条已经记不清花纹的毛巾被,和那穿过玻璃杯上徐徐的蒸汽,照在地上的那缕阳光。想必,那位老先生也因为那个木扶手沙发,陷入了自己的回忆中而无法自拔吧。

一个熟悉的形状,一块熟悉的颜色,或是一点点不经意的细节,都足以像一块石头投入水中一样,在人的内心里激起涟漪。

记忆和经验是使用者和产品的纽带,瞬间就可以在彼此之间建立起联系。被唤醒的记忆和经验,往往会触动的使用者,根据大脑中产生的那些影像,开始各种的构想:这像是我以前见过的,这个我好像原来用过,如果拥有它,生活一定会变得很美好,会有很多用途,会有很多人喜欢……林林总总,各种设想,让使用者和产品的距离迅速拉近了,也让使用者产生了拥有它的欲望。就这样,在某种说不出的理由下,使用者被产品深深吸引了。

歌德在《诗与真》中也曾说过:"每一种艺术的最高任务,即在于通过幻觉,达到产生一种更高真实的假象。"好的产品也应该一样具有这样的功能吧,能够让使用者以产品为基础,通过自身记忆和经验的再现和再识,产生联想和憧憬,从而在大脑中完成对未来美好生活的假想。

把使用者的记忆和经验,转化为设计语言,作为某种符号、色彩或者形态等有用的信息，融入产品里，使用者很容易地会被这些信息唤醒自己的回忆，这时候，使用者的大脑里会应激性地产生模糊的、关于记忆的画面，这个感觉类似于修辞学里面的通感，很像我们常说的触景生情。

这时，形态带出了连绵不断的影像，颜色有了让人能感知的温度，材料似乎也有了让人感动的故事。这样的状态下，很容易瞬间勾起使用者的想象，使用者所有的感官被触动起来，听觉、视觉、嗅觉、味觉、触觉等不同感官所产生的感觉彼此互相沟通、影响，逐渐在大脑中生成了影像。在这基础上，使用者不断地搜索着思绪，扩大着联想的范围，努力利用自己的记忆和经验来完成印证和判断。

使用者与产品之间，其实就是信息不断沟通的过程。而设计，就是一个基于使用者认知，有目的的信息构建过程。这样，很轻易地建立起了使用者和产品的联系，从而让使用者瞬间喜欢上产品，产生亲切和愉悦的感觉，并渴望拥有。

当真的被产品里隐含的信息触动的时候，每个人都会无形中变成了一个导演。大脑中不断地剪辑着，所有由信息所触发的记忆和经验转化成的各种影像，直到它变成我们心中属于自己的美好景象。就像试衣服的时候，我们虽然讨论着衣服的样式、颜色，但其实对着镜子，我们构想的是什么时候穿，在什么场合穿，以及在这种环境下自己的样子。

每个人的内心深处都藏着他真正想要的东西，而被唤醒的记忆和经验，就像一把钥匙，一把打开我们内心深处的钥匙，让我们找到了，真正看一眼，就能马上喜欢的东西。

　　那些常规的不引人注意的日用器物，始终伴随在我们的生活之中，日用器物上所留下的痕迹，常常隐含着人与物之间的学问和故事，日用器物的形态、色彩、装饰，在它的出现、变迁、演进的过程中，不断地记载着前人的记忆和经验，这些记忆和经验，往往是生活中长期运用的，得到反复验证过，深深印在我们生活中的。通过对日用器物的考证和研究，让我们发现我们的行为和思维方式背后的文化、历史渊源，发现我们如何沿着前人所传下的记忆和经验，构建我们的生活。

　　日用器物上凝结着集体记忆和经验的总和。通过它，我们可以发现和推演出可以触动使用者记忆和经验的信息，并借此将生活中的物的轮廓按使用者内心的愿望描绘清晰。这些信息，是使用者与产品之间的催化剂，足以让使用者对产品感到亲切和愉悦，甚至想瞬间拥有。

　　我们店的入口，摆着一个圆形的饭桌。很多人看到了都会说：哎呀！这不是小时候写作业的那个桌子嘛！这不是小时候家里吃饭用的嘛！的确，我们当时设计的出发点，就是我们都曾经用过的，那个在上面吃饭、聊天、写作业的圆桌。

　　对于每个逛街的人而言，都有一个寻梦的过程。我们边走边逛，不断地评论着看到的产品，希望从数以千计的产品中，搜寻到能把我们带进梦境或者梦境中出现过的东西。这种搜寻，其实就是记忆和经验的再现和再识过程。当我们被某个产品所吸引的时候，一定是产品里某些信息触动了我们原有的记忆和经验。

日用之道系列家具——折叠圆桌

折叠饭桌

还是有很多人在询问我们设计的那个折叠饭桌。我们以中国二十世纪七八十年代,我们最常用的折叠圆桌为原型进行的再设计。她问我为什么?我反问她,你小时候用过吗?用过,她马上说。看到这个桌子的时候,你愿意告诉别人你小时候用过吗?她笑着说,当然愿意啊!你愿意买回去和你爱的人分享小时候在这个桌子上的回忆吗?和爸妈一起在圆桌上吃饭、写作业……?愿意!她迫不及待地回答了。

你愿意再次和父母坐在这个桌子前,聊小时候的事吗?因为你们一起用过的这个桌子。

你们这个桌子什么时候完成啊?她是这样问我的。

究竟是我们的记忆中有器物的印记,还是器物能唤醒我们记忆中的情感呢?当器物将我们的记忆里的影像具象化的时候,是不是回忆也变得真切了呢?

人与人、人与物之间藏着看不见的联系,一件器物之中也藏着有关生命的故事,那些联系和故事能够让人重拾些什么,让心情得到慰藉。对于我这个20世纪70年代出生的人,对那个时期的生活有很深的印象。那个时期,也许是我们设计者最需要研究的,人们在狭小的空间里,追求美好生活的动力丝毫没有减弱。

那个时代是典型的"物尽其用"的年代，每个人都把智慧发挥到极致，来尽量满足对美好生活的向往。

那时候的家具、日用器物，很好地体现了这一点。我们接触的最多的是折叠椅、折叠桌。而折叠是在有限空间内的智慧的体现。

器物中所呈现的完整的知识体系，可以很好地用来描述人的内心对物的轮廓，以此为依据，顺从自然而然的生活体悟，重新回到事物的原点，找到人与物的内在联系，发现人心中的对物的心理原型，以及由此产生的生活和文化的原型。这就是能够运用到设计中，让人感到最亲切的那个东西。

使用者大脑中的原型，是指引我们设计的基础知识和体系。根据原型中的痕迹，找到人能够产生共通、共感的讯息，将其融入设计。这时，视觉、听觉、触觉、味觉等各种感觉触发了人的心理经验，于是，颜色有了情感，声音有了形象，材料和造型也引出了我们的回忆和经验，原本冰冷、没有感情的产品，在使用者眼里，瞬间变得温暖、亲切起来，使用者与产品产生了共鸣，使用者与产品的距离和界限也被缩短了。

"一种直觉或者一闪而过的关联性替代的思维的逻辑。""这个应该是适合我的。"原型里的元素触动了使用者，使用者开始根据个人对生活的理解，对美的认知，来构建和想象使用产品时的情景了。

好的设计一定是这样的。让人总会不自觉地通过产品去构想，我在什么时候，在什么地方，和谁一起用。有了这个产品，我们家会变成什么样，我的生活会变成什么样，我在别人的眼里会变成什么样……

好朋友晓笠是一个很有才气的编辑，她的文字总能不经意地把我带进一片片的生活片段中。在一个雨天，坐在我们设计的家具中间，整整聊了一个下午。第二天，她写下了这样一段话："那天晚上，我做了一个梦。梦见了猫，梦见了小时候北空大院外面的家，梦见了哥哥，梦见了曾睡过的小床。梦里有人在床边使劲拉着我的胳膊……好不容易惊醒过来，已是满头大汗，老公说，当时我已经喊出声了。"

"梦虽醒来，记忆的小河却止不住地流淌着。梦里那个小床是我和妹妹的小天堂，比一般的床要高些，是爸爸亲手搭的，用的都是打家具剩下的木料。妹妹还小的时候，需要大一点的我把她扶下来，不，是连拖带拽地弄下来。爸妈把早饭做好，留下一句'快点起来了，乖！'就去忙着上班了。然后一整天被关在屋里相依为命的我们俩，就像两只得意的小动物，开始了天翻地覆地玩耍。大衣柜最好玩了，一般都是我当公主，钻到里面，坐在一堆棉被和衣服上，假装要去约会王子了，而妹妹很乖很配合地在衣柜外面驱赶马车。偶尔太闷了，也换妹妹钻进去当公主，好生伺候她。谁让她是我最爱的小伙伴呢。"

我想，如果一组家具能如此强烈地对一个人产生某种刺激，一定是因为某些元素唤醒了她的记忆吧！那些元素应该是我们所说的原型。看来她是敏感的，因为我们在设计这个系列家具的时候，的确加入了一些中国二十世纪七八十年代的生活元素。

器物的存在，构建了生活的舞台。从睡醒了睁开眼，身边就离不开各种生活用品。我们穿着的衣服、鞋；开着的车，居住的房屋，使用着各种日用品、电器；在办公室里用电脑、纸、笔工作着，器物在生活中，如家人般存在着。

早上起来，倒一杯水，坐在桌子前，看看手机里的信息，看看桌上绽放的花，每天的生活，就是从这个和家人一起买回的大桌子上开始了。

桌子应该是每个家的生活重心吧。一家人围坐一起，喝东西、聊天、吃饭，一起编织着属于家的记忆和梦想。对于一个家来说，桌子是个多功能的公共平台，是家人之间沟通的平台，也是人与物沟通的平台，白天与晚上，平日与假日，家事与工作，在这里

中国 20 世纪 80 年代折叠餐桌（天坛家具厂生产）

可以亲密耳语，可以说理论事，也可以彼此互相支撑、互相慰藉。若家里有张又大功能又多的桌子，完全可以承载这一切。

桌子也是一个家庭的象征，是一个家庭共同喜好的体现。是英式的餐桌，还是法式、美式、日式的餐桌？或是象征团圆的中式大圆桌？当时，一家人一定是一起去家具店，你说我说，最终才把它挑回来的，对桌子的选择，往往表达了家人对生活的追求。朴实的木桌子，带着温暖，随着岁月的变迁，木质的变化，颜色的磨损，往往为我们留下了美妙的岁月的痕迹。那一条条划痕，一个个印记，就是让我们成为家人，彼此挂记的那些美好记忆。

桌子作为家的中心，它也是生活的焦点。桌子牵系着一家人的情感和生活。桌子是存在于生活中，一个无论用餐、做家务还是工作的家人般的家具。

把心仪的桌子买回家，便有了真正的生活的舞台，从此不论吃饭、工作，与家人细语，孩子写作业，招待朋友，就都会在这个舞台上演绎起来。日积月累，这张桌子也留下了我们所有的生活痕迹。一人独处，桌子便是一本写满记忆的书；家人团聚，桌子热闹起来，凌乱中，溢出家的味道。

时间越是向前走，你越会觉得用久了的桌子不够大了，生活的空间也似乎不够用了。但事实并非它们真的变小了，而是我们的欲望变多了。其实，只需稍稍整理一下桌子上的凌乱，你会慢慢让心安静下来了，发现时间其实也是可以向后走的。

家里的器物，承载着我们与家人的故事。因为我们生活的每一天，这些器物是家人之间互动的媒介。餐桌上，有来自父母的叮嘱和关怀，也有被训斥的片段；写字台上，有小时候在单层纸上用铅笔画画留下的印痕；还有抽屉里藏着的日记；墙角的五斗柜，记录着成长，歪歪扭扭地刻下那一长串数字，110、125、138……家里的那些器物，总能伴随我们更久的生活。

　　哪怕是搬到新家，我们依然舍不得丢掉这些陪了我们很久的器物，虽然，它没有了开始的光泽，身上也多了些磕碰的痕迹。但在新的环境与空间里，并不会让我们感觉陌生的，就是由那些始终在我们的周围，充满共同记忆的器物所产生的，那种长久陪伴产生的熟悉感。器物在努力完成我们交给它的任务的同时，也努力地扮演着与我们一起演绎生活的道具。

铝饭盒

每个人的内心深处都保留着原始的对形态、材料、色彩的感觉，这些感觉储存在我们的记忆和经验里。但是，当记忆的抽屉被拉开的时候，并非每个人都能够自觉感知到。而情绪的波动，可能恰恰是潜意识里某种信号被干扰或接通的结果。好看吗？喜欢吗？怎么样？有时候取决于看到了什么，听到了什么，闻到了什么，然后的反应便是走近，或者是远离。

还记得每次回到家乡，走下火车，总会情不自禁地深深地吸一口气。虽然那空气里掺杂着各种味道，却是我们记忆中最熟悉的。不管是夏天灼热空气的味道，还是冬天被冷风呛一下的感觉，脑海里会瞬间映出家乡的影像。那种感觉是安稳的、欣喜的，同时也带着一种终于找到依靠后的倦怠。

夯土为墙，是我们从赖以生长的土地中得来的；构木为巢，是我们度日伐薪，从森林里得来的；平平坦坦的土地给了我们安全感，于是，我们对灰色有了心理的感知；郁郁葱葱的树林给了我们生命的希望，于是，我们认为绿色是欣欣向荣的感觉。

如此这般，阳光、空气、水、土壤、树木作为自然的一部分，便与我们的生活密不可分了。而所有的材料都来自自然，它们与我们朝夕相处，构筑了我们的生活，也潜移默化地走进了我

中国 20 世纪 50—80 年代的铝饭盒

们的记忆和经验。

每个器物上,都凝集着空气、阳光、水和土壤的灵气。木质家具让我们所感知的美丽,是源于树木的纹理给我们带来的真实故事和无限的遐想,虽然树木被我们加工、改造成了新形态,产生了新的功能,但不规则的花纹,温润的触感,淡淡地含着空气和水的味道,仍然让我们看到了树木成长过程中的故事,让我们倍感亲切,这应该是因为它始终伴随着人的整个进化过程吧。

材料作为自然的一部分,深深地印在了我们的心里。而隐藏在新形态下面的材料,永远磨灭不了我们对材料最本源的感觉。

开始用苹果手机的时候,总有一点莫名的小亲切。后来才发现,那种感觉来自它的铝合金外壳。苹果的设计师摒弃掉了原有流行的手机塑料外壳,大胆地使用了这个1855年在巴黎博览会上,与宝石一起展出,并被标明了"来自黏土的白银"的铝。

这个从工业革命时期开始,被大量使用的材料,至今已广泛进入到我们的生活中,同时,对铝这个材料的感觉和使用习惯也储存在我们的记忆和经验中了。想必,苹果的设计师是希望利用我们对它的感知,迅速和手机建立彼此的联系吧。

中国人的记忆和经验里,对铝这个材料并不陌生。小时候,家里都有一只铝制的饭盒,是那个时代最流行的,样子就那么几种,长方形或者椭圆形。每次带饭的时候,怕盖不严实还拿小绳绑着。那时也没有我们现在的塑料兜,都是用一种叫网兜的东西装着,拎在手里,或者挂在自行车的车把上。

那时候的饭盒大部分会用当时很流行的铝来制造,银灰色

中国 20 世纪 50—80 年代的多功能饭盒

中国20世纪50—80年代的多功能饭盒内部结构

的哑光，光滑但有着磨砂的质感。这是那个统一生活样式时代里，必备的日用物品。

大概只有里面的饭盒菜能显示出主人的生活状态吧，长方形的盒子里，无法做间隔，导致饭和菜只能混合在一起，但这却是当时最迷恋的味道，被菜汤汁浸润的米饭的香味。每次用完，我们都会仔细地擦拭，逐渐的，它变得锃亮。铝饭盒不是那么坚硬，不会对提包带来伤害，但坚硬的钢勺、钥匙，却都能在上面留下印记，磕磕碰碰，坑坑洼洼，落下时间的印记，也落下了我们的回忆。

铝饭盒是父母那一辈"上班族"的必备。每天早上，天刚亮，就看到妈妈在把昨天的剩菜装到饭盒了。到了单位，先把饭盒放在锅炉房，或者蒸饭房，由专人负责加热。中午，大家端着热气腾腾的饭盒，三三两两地开始午餐。相同的饭盒很多，也有拿错的时候，稀里糊涂地吃了，找不到的人急得团团转。于是，很多的饭盒上，都做上了自己专属的记号。或刻上一个符号，或用一个绳子做标记。

从小就羡慕父母能带着饭盒去上班。到了上学的年纪，铝饭盒依旧陪伴着我们。学校离家远，中午不能回家，便用它装上一盒饭菜当作午餐。周围的同学们都有一只，大家一起把饭盒聚集起来，饭菜的香气散发在教室里，交织着家的味道。

在中国古代，饭盒的前身是食盒，食盒就是专门盛放食物酒菜、便于携带行走的，可提可挑的长方形大木盒子。当时的名流，出门访友，或参加诗社、文社的活动，与至交把酒言欢，常会事先准备一些吃食，作为助兴的下酒菜。食盒有木、竹、漆等材质，其中又以木质的居多。制成的食盒经常有金属包角，耐磕碰，又具有一定的重量，在挑、提的时候不易晃荡。想想当年王羲之，一定是带着食盒，邀三五好友，在初春的小溪边，曲水流觞，好不惬意啊。

那时候王羲之他们用的应该是叫做"箪笥"的，一种竹或苇制的圆形和方形盛东西的带盖儿的盒子。至今，日本还一直沿用这个名字，只是已经是对一种家具的称呼了。这种家具是用铁皮包角，用木材做的柜子。日本人按功能给它们起了不同的名字：茶箪笥、和箪笥，顾名思义，茶箪笥就是用来装茶具的，也可以是碗橱，和箪笥就是装衣服的柜子。

竹箪笥盒

现在，塑料饭盒已经逐渐替代了铝饭盒，也许再没有人在乎什么样的饭盒来盛午饭了，但那一盒热腾腾的饭菜，还在我们的记忆里不断回味。这里，也包含着我们对铝饭盒的怀念。

铝合金虽然不是原始的材料，却通过相似的形态、使用的方法重新和人的记忆和经验连接起来。当材质与身体产生对话的时候，经由视觉与触觉，可以传达出自然的力量与设计者的创作意图。器物、记忆和经验所构成的知识体系，从人的内心深处创造视觉和心理象征，使物与人迅速地联系起来。

"天下惟器""道在器中"，日用中的"道"不仅仅通过生活态度、生活方式来体现，还会通过日用器物体现出来。日用之道，实际上反映了人与物的依存关系。生活里的衣食住行，通过物品为介质，人与物建立了某种亲密关系。它就不再是一件无生命的东西，而是寄托了人们的情感生活。

客观写生

人对事物的认知，不仅能凭借本能的感觉，直接感知到事物的特性，认识到事物的表层联系和关系，还能运用大脑中已有的知识和经验去间接、概括地认知事物，并且发现事物的本质及其内在的联系和规律。

总体而言，人的认知过程，其根本是通过已有记忆和经验对未知事物进行验证的过程。当我们去端起一个茶杯的时候，往往会不自觉地用手去试一下茶杯的温度，同时会用眼睛观察是否有热气来判断水的热度，用鼻子去闻茶的气味，并通过观察茶水的颜色来感知它的味道，然后通过嘴来品尝，从而来验证自己的判断。人都是通过自己已有的记忆和经验，对未知的事物进行判断。这个过程中，使用者的记忆和经验储存的丰富程度，影响着人的认知程度和人对产品的判断。

一般情况下，人的认知行为是通过感觉和知觉形成表象，进而通过表象完成思考、判断和推理的思维过程。感觉是人对事物产生认知的第一步，是人脑对客观事物的特征的最直接反映，也是人对客观事物最本能、最初级的认知方式，就像我们眼睛看到的美丽的色彩，鼻子闻到的各种的气味……大脑通过单一感觉器官，通过视觉、触觉、听觉、味觉、嗅觉，对物体的大小与软硬、色彩和明暗、声音的高低等产生了直接的本能反应，而这些反应往往来自我们的记忆和经验积累的结果。

与感觉相比，知觉是各种感觉互相影响、互相作用的结果。知觉把各种感觉结合到一起，再通过已有的知识和经验去分析、发现它的本质。知觉是以感觉为基础的，但不同于感觉。感觉只是事物的个别属性在大脑的反映，知觉却是对事物的整体认知和判断，感觉完全依赖于个人的直接感知，知觉却受个人知识和经验的影响。

曾经出于好奇，买过一个里外都是黑色釉的陶瓷杯。每次用来喝水或者茶，总是感觉味道不对劲，直到有一天换了一个白瓷杯，才恍然大悟。原来是杯子内部的黑色，影响了我对水的原有的记忆和经验，黑色的内壁，让我无法分辨出水的颜色，从而出现了对味道判断的缺失。知觉就是这样，当感觉判断出现问题的时候，知觉也会失去参照，出现失误。

当身体通过感觉、知觉所获得的新的信息，与大脑里储存的记忆和知识形成映射的时候，我们在这个产品中找到似曾相识的熟悉的快乐，这是从生理和心理两个方向获得的快乐。这种快乐在促使我们对产品产生了认同的同时，也完成了对自身认知的认同。当人们认同了"某种东西"，认为某种东西与自身有关联的时候，产品会融入人们对自我定义的设想之中。这些联系和故事能够让人重拾些什么，让心情得到慰藉或者刺激。人们会构思出与自身相关的幻想，产品便出现在此幻想故事之中。

现在看来，好的设计，一定是融合欲望，触动心灵，是在使用者与产品之间,通过信息构建通感的过程。人的感官,只能对事物的特征完成认识,因此在人们从感觉、知觉到表象的过程中,实际上也是感觉器官相互沟通相互交流的过程。一个好的设计,从来都不应该只去取悦使用者的眼睛,而是从感觉入手,有目的地去影响人的知觉形成过程。如果使用者可以同时用这些感觉去感受一个设计是否达到自己心中的状态,那么最终的设计才能真正被喜欢。

在赫尔辛基的河边的一个酒吧,乐队在翻唱 Tom Waits 的歌,这是我和妻都喜欢的,一个用声音来讲述"垮掉的一代"的美国歌手。

坐在河边,喝着当地特色的鱼汤,听着那个乐队用各种手段,努力地寻找着 Tom 的演唱痕迹,而我们俩的思绪,却回到了前两天在哥本哈根的那个雨夜。

我和妻在租住的 8 house 的公寓里,听着 Tom Waits 的 A Little Rain,一边看着窗外的小雨,一边煮着方便面的情景。黑黑的夜,冷冷的空气,Tom 用粗糙而不修饰的声音,深幽地述说着貌似平淡无奇,却又历尽磨难的生活的疲惫。

雨夜里,从哥本哈根的机场辗转找到在郊区的 8 house 公寓,我们也的确有点疲惫了。

好的歌,是最能触碰记忆的声音。黑暗寒冷的雨夜,在异乡,吃到热乎的面条,每次听到 Tom Waits 的歌,这个场景便会浮现出来。好的歌者,更像一个灵媒。把自己作为声音的载体,任由音声附体,做音声与听者的媒介。将自己的感受凭借声音,纯粹地传递出来,不矫饰,不炫技,仅凭一个小小的气息变换,或者一个微妙的转音,便能让听者瞬间开启了所有的思绪。

好的设计者亦应如此,一丝矫饰便可能让设计功亏一篑。设计者应该去掉一切多余的修饰,回归到事物的本质,认真思考人和物的内在联系,人和环境的天然联系,时间与物的自然联系,这样,才能通过人们对形态、色彩和材质等主要因素的感觉和经验,建立起视觉形象,来触发使用者内心的情感。

如日本俳句大师高滨虚二提出的"客观写生"一样,好的俳句一定是客观地描述事实,把抒情留给读者;如果诗意太明显,读者会感觉不舒服,因为那是你的情感不是他们的,你也没有给他们留有任何表达空间;如果通过客观简单的描写,就能把读者带进诗境中去,激发他们各自的想象力,这样才能完成无声的准确的传达。

设计也应如此。设计师应该设法褪去"我/自己"在设计中的痕迹,去寻找人与物之间共通的讯息,也就是大部分人的共同感受,然后将共同感受融入设计,才有可能实现与使用者之间的共鸣。如果设计者能诚实地考虑器物与使用者的关系,从使用者的记忆和经验里,找到使用者内心的集体印象,而非个人对美的主观判断而推演出的所谓的美,我相信,这样的设计一定能表达出生活中最本质、最真实的美。这种美,也是使用者最能快速感知,最容易感知,最愿意感知到的。使用者对产品产生的亲切和愉悦,应该是对设计者最大的肯定和褒奖。

设计的根本目的,应该是构建出人们能够共同感知到的精神世界和价值观，并使其因此而感动。在这个状态下，设计其实就是诗意化的表达，而诗意的内在联系和逻辑就藏在器物的背后。设计绝不是一个简单的造物过程，而是将人类生活或者生存的意义，通过设计的过程予以诠释。通过这个过程，使用者才能和设计者一起，成为一段生活的共同参与者。

每个人对物件的判断最初都是通过直觉来完成的，瞬间就会决定是否喜欢。设计者通过产品所构建的美的瞬间，和使用者看见这个设计时的感觉是非常相像的，如果设计者费尽心思营造出构想，使用者也要费尽心思才能感觉到，这种结果很有可能让使用者根本没有心情去理解，器物和人的距离也就这样产生了。

前几天去看画展，有一个作者画了一幅二十多米的画。我站在画前，思考了很久。当作者把自己情感宣泄出来的时候，我相信观者能迅速感知出来的，如果能用十厘米的画让观者感知作者的情感，干吗要用那么大的画来表达？很多时候，一件事因为表达不清楚，才会不停地说，也许是因为思路不清楚，也许是想说说不准，做设计也容易出这样的问题吧。如果无法真正了解使用者的意图和内心，我们很容易会选择通过增加功能，或者增添装饰来试探使用者是否喜欢。二十多米的画已经让我们开始失去最初的新鲜感，也失去了在如此繁杂的信息中细细体会的耐心。如果要我们通过二十多米的画来感受一个作者的情感，这是个很累的事情。就像让一个人一直大笑着走二十多米，估计很难有人做到。

当快乐在被无限延长的时候，最初的愉悦也就没有了。快乐是精神上的一种愉悦，心灵上的一种满足，是由内到外感受到的一种非常舒服的感觉。某种程度上，满足感是一种生理的奖励机制，就跟快乐一样，快乐本身并不是欲望，而是我们满足了某种欲望后，身体给予的正确奖励。

每当在生活中，我们厌倦了虚幻的梦想，开始追求内心那最本质的东西的时候，产品上的那个触动我们的，便是那我们能感知到的，日常生活中可以随手触及得到的梦想，而这恰恰是拥有美丽的感觉的最幸福的时刻。很多时候，当很多产品摆在面前，而我们又无法抉择时，是否被它触动就变成了唯一的参考指数，也许是我们的一段回忆，也许就是我们一直在寻找的内心里的一片风景。

设计本身是可以传递有价值的信息的，虽然这些信息往往转瞬即逝。在与设计的瞬间接触中，每个人都会凭直觉，瞬间判断出属于自己的心理象征，这么短的触碰，我们真的需要将复杂的思想和对整个世界的感受一一罗列进设计里吗？

万类相感以诚

就像好的器物一样，在形态和本质上，往往是简洁和理性的，时刻呈现着简朴又恒久的智慧。生活是质朴而繁忙的，每天用的器物，注定要简洁朴素，没有那么抽象，也并不高深，更没有过多的装饰和造型，从我们相遇的第一天开始，就伴随着我们，在平凡奔忙的生活中，担当着各自的责任。每个生活的角落里，它们都是人们反复使用的，得心应手的工具，在这漫漫岁月里，发挥着无法取代的作用。在我们不停地使用下，器物也随着时间推移，不断磨损，产生着变化。

从实用的角度出发，好的器物去除了多余的装饰，保留着生活最本质的实用需求。平常而不平淡，简约而不简单，恰恰是凝聚着人们经过多次的思考，省略了多余之物的结果。简洁不简单的器物，往往更容易让我们理解对待生活和人生的智慧，让我们乐于在日常生活中一点点地去体验它，从中获得饱满而持久的快乐。

器物是为人所用，为人服务的。无论一件衣服，还是一把椅子，目的都在于呈现出人对物以及对生活的态度。好的设计，一定是通过对器物的设计，传递出对生活的思考，这往往需要通过内在精神气质的传递，而不是以奢华的外表来打动人心。

无心之美，时日动人。日用器物在生活中，用最简洁的形态，与生命维持着单纯的关系，也因如此，它们的美是随生活所需而产生的。那是在日常的生活中，隐藏着我们所共鸣的一种美。从日用的角度出发，美一定是依赖于一些精心选择的结构和材料，来完成器物实用、适用、好用的目的，而不是依赖于装饰物的点缀和堆砌。最简单的形式，往往可以表达出最复杂的美。

　　对于器物而言，生活应该是最严厉的检验者了。每个器物，都需要人在使用过程中，通过时间去认识它的优良与否。只有适合生活的器物，才能代代相传，扛过漫长时日的考验。

　　日用器物所处的日常环境，和它所具有的功能，已经决定了实用的器物应该是简洁、朴素、合理的，也是坦诚、谦逊的，只有这样才能更好地应对生活中频繁出现的各种繁杂的状况。它不会因为自己的功能而炫耀，它也不会使用过度的装饰去诱惑人。它朴讷诚笃、坚固专一。在忠实和谦卑中，每个日用器物都以简单的造型，朴质的材质，传达着真诚的生活态度，呈现着日用之美。

　　我和妻一直喜欢用铸铁锅，也是因为这个吧！一口朴拙的铸铁锅，优良的质地、适合人们使用的形态，以及诚实的色彩，这些确保日用之美的要素，也正是生活中实用的本质。完全去掉了奢华的装饰，留下了简单的造型，单纯的材质，一切都等着人们按自己的心情和想法，去做出好吃的食物。一个好的铸铁锅，本质就是要配合我们，做出合口的食物。

　　器物的材料及工艺的细节上，展现的那种朴实之美越是深厚，器物离我们的距离就越短。这些细节是情感的载体，承载着设计者和生产者对使用者的尊重，对材料的尊重，以及对生活的尊重。有相知，故无怨。每天有器物相伴，器物中饱含的那份真诚的心意是我们最容易感受到的，而与器物朝夕相处，通过使用而产生的对美好生活的期望，恰恰也是我们对设计者和生产者的尊重。

煮饭做菜最重要的，是在一定时间下，通过温度的控制和水分的把握，来尽量还原食物最本真的味道。这对铸铁锅的材质和生产工艺要求都很高，好的铁锅会通过原材料的配比，从形态上把导热和储热做到一个最佳状态。这样才能传热均匀，热度适中，才能将吸收到的热量，慢慢地传递到锅中的食物，保证了食物的受热均匀，从而使得食物保持住了原有的味道。

我有时候会溜达到经常光顾的小店，按着随园老人的食单，找到最合适的食材，用自己喜欢的铸铁锅，花两三个小时去炖一锅肉。蓝蓝的火焰带出了肉香，诱人的肉香会慢慢占据周遭的空间。这时候，便是我们和器物一起相处的时间了；器物的好处与日子的美好，就在时间一分一秒的推移中，在铁锅的咕嘟声中，慢慢地蔓延开来。总是不停地掀开锅盖，除了关注火候，其实更希望这肉香马上能充满整个房间，好让那好闻的肉香始终绕在自己的身边。

从前总是觉得快节奏是好的，可以迅速解决一些问题或者完成一些事情，时间久了才发现，用压力锅二十分钟做好的食物，怎能和用两三个小时，用铁锅煮出来的食物比呢？这两三个小时的等待和期许的快乐，完全不是一个压力锅能取代的。

端上炖好的肉，放在餐桌上，仔细地闻着弥漫在满屋的香味，拿起筷子，静静地看着，片片的阳光穿过窗户，不小心落在碗里的红烧肉上面，泛起了亮亮油光。这一切，像极了松尾芭蕉的那段俳句：盛开的樱花飘满四方，洒在鲶鱼和酱汤的碗里。在飘满花瓣的树下，吃一碗红烧肉应该是多么惬意的事啊！现在，阳光像花瓣一样，也洒在了红烧肉上面，这就是生活的模样吧。这种满足感有什么能够取代呢？

铸铁锅

日子不就是这样一天一天地过吗？用朴实的器物，做一顿温暖的饭菜，和爱的人分享。器物也尽着自己的本分，无声无息地陪着我们数着日子，光阴也就有了生命的温度。

设计的初衷应该是生命的感动吧？好的器物是一定能够让我们体会到这样的感动。

所谓造物所忌者巧，才能万类相感以诚。好的器物始终以最朴素的方式，为我们描述着生活的轮廓，并给我们留下更多的可以想象自我的空间。好的器物，描绘了自然而然的生活体验和感悟，并让我们以此为依据，将生活中物的轮廓按自己内心的愿望逐渐清晰起来。

器完不饰

"士无伪行，工无淫巧。其事经而不扰，其器完而不饰。"西汉淮南王刘安在《淮南子·齐俗训》中，写下了他对器物的认识，也让我们看到了中国传统文化中对器物实用的态度。好的器物是不需要多余的装饰，无需添加无用之物。

的确，一口铸铁锅，要在炉火上，经得住持续高温的考验，也要满足冷水的瞬间冲击，还要应对使用过程中，各种不小心的磕碰。铸铁锅的材质和生产工艺一定要可靠，才能担当起这个重任。繁复的形态和过多的工艺处理，无形中必然会带来生产上的问题和使用上的缺陷的。

铸铁锅往往比较重，如果减轻它的重量，还要导热均匀，才是关键。锅壁做厚很容易，难的是做薄。这样的话，铸铁原材料和原材料的配比，珐琅（也就是搪瓷釉）的调色和上釉水才是最需要解决的关键问题。在这本来就差之毫厘，谬以千里的生产过程中，再添加一下所谓的装饰可能会产生更大的问题。如果真正从实用的目的出发，装饰一定是次要的。因为过多的装饰不是日用器物的真正状态。

十八世纪的时候，法国人曾经掀起了风靡世界、极尽装饰的洛可可风格。人们大量地运用S曲线组合和大量的植物纹饰，在建筑、家居生活中，构建出一种刻意雕琢、装饰华丽又纤巧繁琐的生活样式。在当时高举洛可可风格旗帜的，路易十五的情人蓬皮杜夫人的倡导下，从建筑到家具，到各种生活用品，甚至在当时的古典音乐中，法国的贵族们，趋之若鹜，极尽装饰之能事。

法国贵族们在他们内心建立起的规则中，在他们生活里，不停地添加一条条的曲线，添加多种植物的纹样，并以金灿灿的颜色营造出华丽的气氛。餐桌要加花纹，椅子要加花纹，甚至吃饭的刀叉，他们也要用复杂的纹样装饰起来。在他们看来，繁复的装饰加上昂贵的造价才是他们心中器物的价值，才能符合他们的审美。

过度的装饰一定会导致结构的脆弱，无论是器物本身的结构，还是构建文化的基础结构。洛可可这样奢华的宫廷艺术风

法国路易十五在 1758 年购买的塞夫尔工厂生产的盛汤的碗

格，只能服务上层社会，大部分普通人在生活中没有钱也没法在日常家庭生活中使用它。

因为每个贵族都有大把的时间和金钱，他们也不需要自己动手来打扫房间或清洗餐具。当然，这样繁琐的花纹装饰很容易落灰，也很难清洗。

过多的装饰不是日用器物的真正形态。装饰本身并不是坏事，但过多的装饰会让我们眼花缭乱，忽视其根本功能。日用器物在使用过程中，需要快速被辨识，并让使用者快速发现它的功能，过于华丽的装饰很容易影响我们的判断和思考，而这恰恰违背了实用的本质。像苏格拉底告诫他的门徒们，一定要防止浮夸的演讲，诡辩和修饰很容易把听众的注意力从正在辩论的问题上转移开。

1735—1740 年　洛可可风格抽屉柜

1736年 瓦伦格维尔酒店（洛可可风格）

同样，真正美的器物，是不需要过多修饰的，甚至很多时候，美是无法用语言准确描述出来，但是你一定能感受到的。真正能触及内心的美，应该不需要多余的话语来表达，也不需要多余的装饰来证明。

过度的装饰一定在掩饰什么，就像浓重的汤汁往往会掩盖食材的本质一样。

放弃繁琐装饰的堆砌，需要有获得优质材料，以及具有精湛技艺的底气。造型越是简单，对选材、技艺以及细节处理考验越是严苛；选材要精良，表面的处理也要到位，包括每个转角、每个角度、每个细节都要恰如其分地进行处理。简约、简洁不是简单、简陋，而是人的心理与其使用的器物之间，高度纯净化的过程。

那些具有生活感特质的器物，才是我们真正需要的东西，通过触摸、交流，我们能与之建立某种联系，重新拾回生活的意义。同时，尽器物的可用之处，才是对生活、对自己最好的尊重。

无序的混乱与有规律的秩序，唤醒了我们的知觉。相对大自然里纷乱的形态和图形，人更愿意接受简单的几何形状，因为简单的结构、简单的形状更适合人的知觉习惯，更容易被理解、记忆、传播和判断。

不断寻求最简单的解决方案是人类的天性。就像动物会用最简单直接的方式觅食一样，我们人类通常习惯用最简单的办法来认知和解决问题。对于人的知觉心理而言，人往往更习惯简单的秩序，比如简单的结构、直线、图形。这就是格式塔心理组织原则提到的熟悉性原则：人们在认知一个复杂对象的时候，常常把对象当作有组织的、简单的规则图形来看待。

所以，当我们看到天边的云彩时，经常会说，那像一匹马，看到连绵的群山，我们会说，像起伏的波浪。

我们对事物的认知，往往是把它看成统一的整体开始的，然后才对这个整体里的各个部分开始认知，也就是说，我们先感知到一个事物的整体，然后才发现组成这一事物整体的各个部分。这也是为什么我们容易被简洁的器物吸引，并产生好感的原因之一。

迪特拉姆斯设计的电唱机、照相机

构造简洁的形态往往最容易被人感知，也更利于人依赖自己的主观来想象。当人回避不了追求简单的这个主观动物性的时候，普遍容易被接受的，一定是简约的或者简单的东西。虽然简单的编织图案容易让人感觉到单调和无趣，但在人的智慧下，它们可以呈现出各种排列组合的可能，可以呈现出不同的美和功能。而这样的无限多的变化，也给我们带来了各种想象和惊喜。

　　我们喜欢玩的乐高玩具正是这样，最简单原理，最简单的模块，却能任由我们发挥，任凭我们想象，组成我们想要的各种场景，来构建我们无限的内心世界的轮廓。

虚室生白

美国诗人朗费罗说过:"对思想纯真的人来说,一切皆是纯净;而对诗意的人来说,一切都充满诗意。"

归根结底,人这辈子只做了三件事:做别人眼里的自己,做自己眼里的自己,做自己内心的自己。

年少轻狂,为了证明自己,如同漩涡中的软木塞一样,沉醉在内心营造的豪华和奢侈的疯狂心跳中,关心别人的眼光,展露欲望外显的世界观,做着别人眼光里的自己。

这是每个人都会经历的阶段。在我们看不清周遭的世界看不清自己的时候,所有的不确定让我们丧失了安全感,以至我们迫切地证明自己的存在。想想刚考上大学的时候,留着披肩发,穿着肥大的工装裤,反穿着套头衫,听着重金属,唯恐别人不知道我是美院的学生。那时候,总是试图做些不一样的举动,来吸引别人的注意。似乎这样,就可以找到自己的定位。

青少年时期无论是生理还是心理都不成熟。我们在这个社会里显得格外渺小,这种渺小使我们恐惧,也让我们渴望别人的陪伴和认可,所以用一种夸张的方式表现自己的内心,以求得外界的关注。

洗尽铅华,才意识到朴实本质才是根本。我们开始寻找适合自己生活的器物，从自己身边的生活中发现喜悦，理智地挑选适合自己生活的东西。在这个过程中，我们逐渐学着体验日常生活的丰富性和充实感，开始做着自己眼里的自己。

店里有一些手绘的盘子，很朴实也很可爱。好朋友到店里，拿起那个盘子，高兴地说："要是用这个盘子盛周末的早餐，那该多美啊！"一个朴素的盘子，就能让一个早晨甚至一天变得美好，想必她已经是那种按照自己眼里的美去发现自己生活的人吧。粗瓷的白盘子加上寥寥几笔的描画，再加上早晨的阳光和香喷喷的食物，已经在周末早餐的阳光下构成了一幅美好的画面。

也许生命中最大的快乐，就是不再被别人的看法困扰，不去取悦别人，自由地做着自己认为最有意义的事情。也许当我们不再需要期许外来的赞美，不再佯装外界需要你的时候，我们才会找到内心的自由，才会物我两忘，艺花邀蝶，累石邀云，栽松邀风，贮水邀萍，筑台邀月。

生活不是刻意取悦他人，内心的纯粹会指引我们走向真正的宁静和满足。

昔日庄周梦为蝴蝶，栩栩然，怡然自乐，醒来却冷静地在《人间世》里，道出了一种澄澈明朗的境界——虚室生白。

室乃心也，心若能空静，则纯净独生。胸中脱去尘浊，自然丘壑内营。内心融通无碍，虚无一物，和煦的阳光才会照进来。

由虚而生的那片白便是宁静。它是没有边界，弥漫开来的朦胧，它似乎了解自身的美丽所在，也能感知到自身的宏大，所以无需招摇。那片白就如同一个容器一般，能够同时容纳多角度多

设计师小熙手绘的盘子

维度的文化和思想，也能够为我所用。

简洁、纯朴、节制、精致，是最纯粹的状态，其实是对内心的最大的留白。让产品留白，让画面留白，让使用者在生活中留白，其实是提供了一个让我们的想象力自由发挥的空间，大大丰富了我们的感知力以及相互理解力，因为留白，我们才有时间和空间去仔细体会生活中点滴的惊喜和感动。

时间终将褪去器物表面的修饰，在无多余形式添加的质朴生活方式里，人们才能在花花世界里舟车劳顿之后，审视内心。当你真正找到自己内心需要的时候，会自然而然地喜欢那些朴实、诚实、简单、实用的东西。因为当我们足够自信的时候，再也不需要利用品牌来提升自己的所谓的身份。这时候，没有态度的态度变成了一种态度、一种处世哲学。如果内心强大，应该根本不需要通过产品来扮演身份识别和身份划分的角色。

当"简洁化"上升到"简洁性"的纯净高度，人们就让器物具有了可以凌驾于其标签定价之上的文化特性，这也就恰恰暗合了人对生活的感受，这样的器物，在定义了"朴实好用"的真正价值的同时，让使用者体验和拥有了一种温和有力的新的生活方式，并获得最大程度的心理满足。

隐喻是座桥

大学的时候，宿舍的墙上挂了一张切·格瓦拉红色的背景，黑色的轮廓，觉得特别先锋。他的眼睛被完全涂黑了，搞不清楚他在看什么，想些什么。当时觉得很深奥。

我们经常说眼睛可以传神达意，所以，传统上是一定要将人的眼睛画得清晰突出。而这张照片，放弃了眼睛的细节，反倒使切·格瓦拉的眼睛更加突出、清晰起来，也让我们更容易被打动。

很多时候，过多的繁文缛节会把原本简单的事情弄得复杂烦琐。"道尚取乎反本，理何求于外饰。"欧阳修的这句话恰恰说明了这个道理：我们追求的道，就是返本还原、回归自然；我们追求的理，无需添加任何装饰。也许简洁最终极的境界是"无"吧，在追求这个境界的过程中，器物所呈现出的简朴、安静和内敛，恰恰给人留出了更多的想象空间。

普普通通的饭碗、家具，这些承载着岁月与时光的简朴器物，像一张白纸铺在我们面前，任由我们思绪的笔墨随意涂抹。当我们走近、触摸这张白纸的时候，人与物、物与物之间的物理距离和精神距离就被缩短了。

人与器物，犹如墨与纸，纸为天，墨是魂。能文者，由心而发，柴米油盐，皆能为诗；善墨者，寄物于情，锅碗瓢盆，尽可入画。坐拥虚室，四下皆白，心中笔墨，任由我用。如苦瓜和尚所云："吾写此纸时，心入春江水，江花随我开，江月随我起。" 如此惬意，如水随隙，如风随隙，物我由心，一如倒影，一如梦境。

道通天地有形外，万物静观皆自得啊！风声、雨声、鸟鸣声，隐约，蔓延。生活像一个配音大师，躲在幕后，安静地叙述着，解读着所有的声音。

还记得每天整个世界在睡梦中醒来，周遭一片逐渐嘈杂的声音吧。耳边的声音由清晰转到混沌，再由混沌逐渐消失，逐渐熟悉起来又逐渐陌生，听觉替代了所有的感知系统，努力地为我们捕捉着那些飘忽的，让人无法确定的一切。单一感官的触碰似乎让我们的内心更加敏感、更能共鸣了，它引导我们更加仔细地去聆听、去感知。最终，我们会感受到云在身边飘过的窸窣，夕阳落山的细语，雪浪寒声的静谧，和月明星稀的喧嚣。

"春听鸟声，夏听蝉声，秋听虫声，冬听雪声，白昼听棋声，月下听箫声，山中听松风声，水际听欸乃声，方不虚生此耳。"也许只是为了能找回自己的本源之处吧，那个混沌而清澈的地方！这是在记忆或梦境里，曾经出现在童年时期，而今却是倍感陌生的状态，时至今日，依然不停地出现。器物承载着人对世界的感受，以每个人熟悉的形式，在各自的生活里，为我们提供着一些隐喻，也提供着慰藉。

熟悉的材料，亲切的形态，让人快乐的色彩，所有人们熟悉的形式，就像一种隐伏流动的力量；这些暗流可能是个人的内心生活和情感记忆，也可能是关于思维和意识的基本组成部分。这些足以让人产生熟悉感，找到彼此对生活的认同。

如此看来，设计是使用者对世界共同感受的一种呈现。

那些能够超越时代或地域性的低调内敛的设计，以及满足我们根据自己的内心完成自我创造和定义，具有生活特质的器物，才是人们真正需要的东西；我们通过触摸和使用，和它们建立了某种亲密联系，也能借此重新找回生活的意义。

大学毕业至今，已经搬过好几次家，每次搬家最头疼的就是那些陪了我很久的东西。

每次都要花好久把它们擦干净，包起来，再仔细地装到箱子里。家对我而言，就是一堆我熟悉的，记载着我的经历和记忆的器物组成的空间。

从上海带回来的铝饭盒，从哈尔滨带回来的煤油熨斗，从赫尔辛基带回来的大铜秤和小刺猬刷子，林林总总，各式各样。每每看到它们，我都会沉浸在与它们相遇时候的那段情景中。它们就这样，跟着我，从一个地方到另一个地方，陪伴着我。

对器物的喜欢，是因为喜欢与它之间的那些故事，而且顺着它，可以发现很多有意思的线索，追根溯源，从它的材质、纹饰、色彩中，能够发现它的历史，以及它们在与人的相处中的演变过程。

器物的所有细节，默默地记录下了人类的发展进程，承载着关乎记忆、经验和生活所赋予的意义。越来越多的器物出现在我

铜秤	油灯
煤油熨斗	
织梭	小猫水壶

中国东北地区的酱油瓶 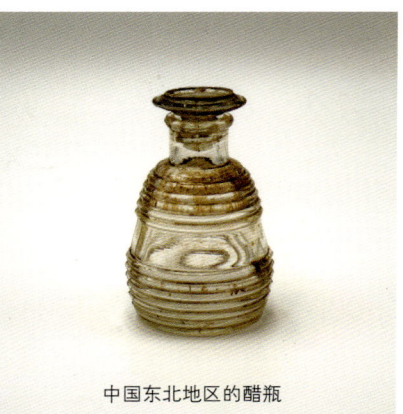　　　　　　中国东北地区的醋瓶

中国东北地区 30 年代的奶瓶

可调节烛台 　　　　　　彩色玻璃烟灰缸

们的生活周围，其功能和各种叠加功能也层出不穷。

每个人都在中间来回穿梭，像个尝到了玩具甜头的孩子，看到别人好玩的东西就赶紧跑过去看看，心里想着，如果好玩，是不是我也可以拿来玩一会儿呢？而自己的器物，很多时候正在失去我们的尊重与留恋，我们不会再花心思修补与再创造，器物换来的是简单、粗暴地置换或者丢弃。

对于这个已知和未知相掺杂的世界，我们总是希望用一种最简单的方式去认知、进入，并行走其间。

最开始学画画的时候，老师让我们从画立方体开始，逐渐地过渡到圆柱、球体，再到苹果、葡萄，再进入到复杂的人像。一切都要求先画成立方体，再一步步地用画笔切削出来。任何一个复杂的造型，都是由无数个小立方体组成的，这个方法一直用到现在。

所谓宁方勿圆，简单的方形应该更能准确地定位出物的边界吧。同样简单、素朴的器物也一样能定位我们内心的边界吧。由"简"入奢易，这里的"简"是器物的大道至简，这里的"奢"是最难得到的内心的安静。

简单是器物的心。素俭之道，在人生的宽度和深度上，有比丰盛的物质更重要的东西。

想起《幽梦影》里面的一段话："愿在木而为樗，不才，终其天年；愿在草而为蓍，前知；愿在鸟而为鸥，忘机；愿在兽而为廌，触邪；愿在虫而为蝶，花间栩栩；愿在鱼而为鲲，逍遥游。"

正因为世事无常，人们才开始借助器物，在精神世界中追求安定、安宁。于是，器物帮我们在自然的永恒不变与人事的无常变化之间，构建了一座桥。

　　人须求可入诗，物须求可入画。

　　生活与我们，就像那把透明的玻璃壶，在不同的环境中，融入不同的元素会让它变得丰富。在光线的折射下，可以呈现出色彩斑斓的样子，也可以像阳光、空气和水一样，无色无味。好的日用器物，就像这个壶里盛满的非常清澈的水，简单、洁净，并很自然地让人亲近。

第三章　日用之道

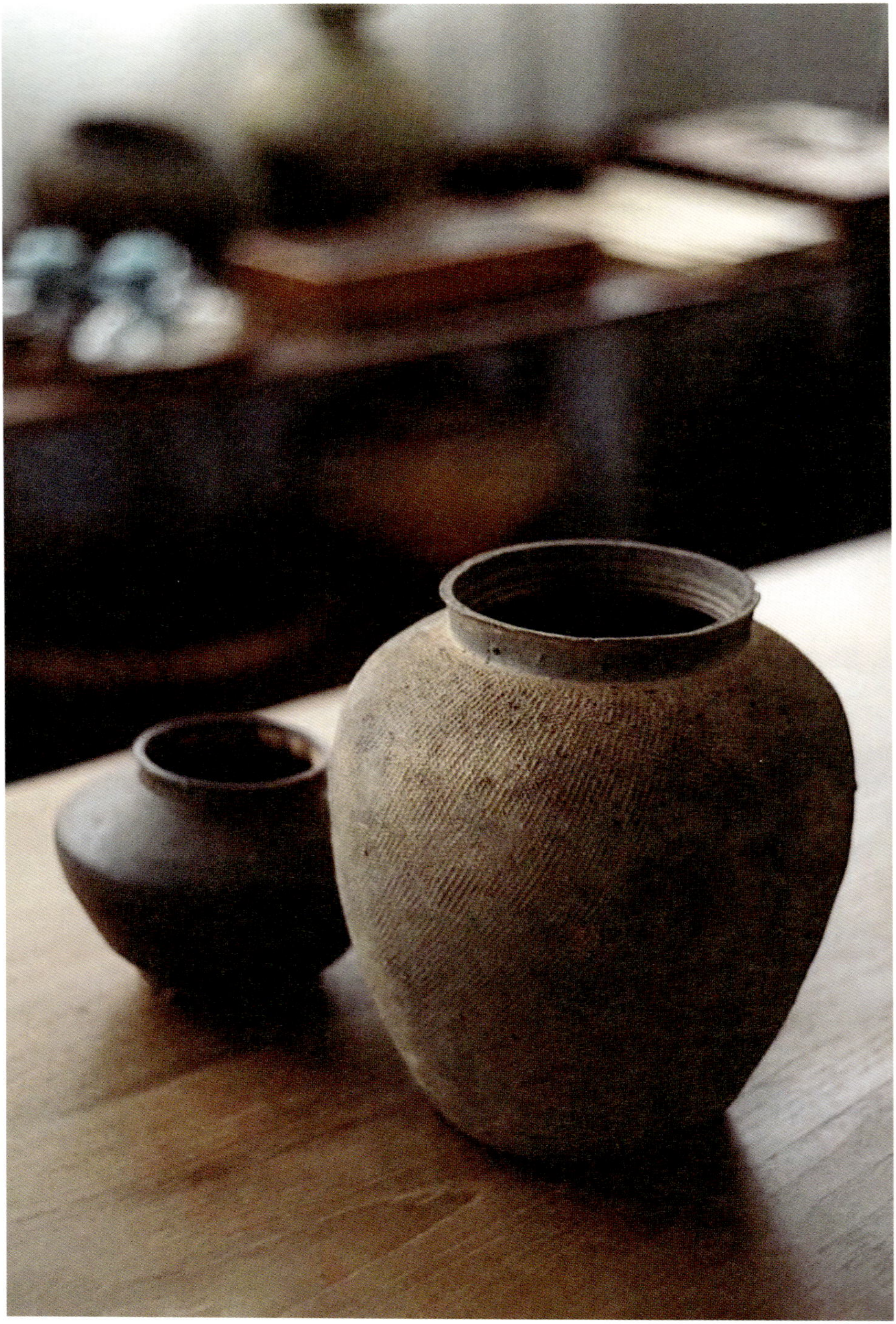

物有本末，事有终始。知所先后，则近道矣。

普通的日用器物的背后，隐藏着一个完整的文化图式，这个图式记录了我们祖先的生活样式和秩序，也引领着我们，沿着这个秩序，找到构建个人生活的路径，找到走向未来生活的地图。

日用器物、生活经历和经验背后所隐藏的完整的知识体系，便是我们要寻找的日用之道。

器尽道出，道尽器出。

前人的生活方式、生活之道，以及价值观，一直蕴藏在日用器物之间；而我们要做的，便是去学习，去发现，并以服务于人的方式来呈现。

沿着器物所呈现的文化图式，在传统习俗的变迁中，关注人和物之间的关系，发现生活中的日用之道，将生活中的物的轮廓按使用者内心的愿望变清晰，我们便可以寻找到使用者头脑中的影像、形态乃至思维习惯，最终找到使用者所期望的产品的原型。

这里面包含着我们的基因，包含着我们的记忆和经验。通过这个过程，还原了产品的本来面目——产品是解决日常生活问题的，是关乎使用者的生理和心理与物的关系的问题。这样，设计才能得以实现。

日用之道是承载在具象的事物上的抽象规律的展现。因此，日用之道是生活的规律，也是我们要去发现的未来的生活方式。

似水年华

　　我们记忆最精华的部分保存在我们的外在世界，在雨日潮湿的空气里，在幽闭空间的气味里，在刚生起火的壁炉的芬芳里，普鲁斯特把他的感受写进了《追忆似水年华》。

　　生活中的物品，都是由颜色、形状、材质等基本要素构成的，并通过人的记忆和经验与人的生活联系起来的。这些记忆和经验往往就是岁月在日用器物上留下的痕迹。从这些痕迹追溯这些原有的记忆和经验，让我们看到了人类的漫长进化历程，以及这个过程中，所有的生活经历和记忆所产生的经验，以及人与物之间的内在联系。

　　很多时候，设计其实是寻找和发现人的记忆和经验形成的过程，并对其进行有目的的引导、激发、触动的过程。

　　碗作为人们日常必需的器物，最早可追溯到新石器时代泥质陶制的碗。其形状一直延续至今，多为圆形，碗口宽而碗底窄，下有用来稳定和隔热碗足。到了原始社会，我们已经开始用青瓷碗了，基本形状还是没有太大的变化。随着时代的演进，生产工艺和材料的逐步改善，以及人们的审美和实用要求的提高，碗的造型、纹饰也越来越精巧，碗的用途也变得多样化了，饭碗、汤碗、菜碗、茶碗出现在了生活中。

中国公元前 3 世纪的陶碗

西汉时期的碗

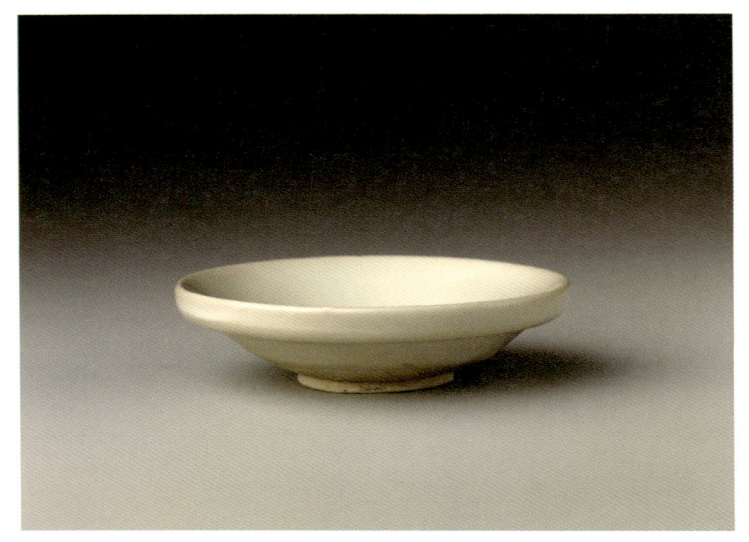

唐代　白瓷碗

　　在中国，饭碗最早是用来盛粥的。中国人最早是以粥食为主的，通过对米和水量的控制，产生的不同烹煮效果，才出现了饱满的米饭。饭碗的造型也在这个变化过程中，逐渐做着细微的调整。其次，从最早的席地而坐，到唐宋时期端坐在椅子上面，也在某些程度上影响了饭碗的造型。但总体的形态没有出现大的改变，只是人们在满足最基本的需求后，开始尝试做微小的调整，或者加一些图案，来与别人的加以区分。

　　所谓盛世美器，从贞观之治开始的大唐盛世，打破了唐代以前，碗以直口、平底为主，釉色不施到底，基本没有什么纹饰的状态，碗开始以各种形式呈现着它的繁荣。这个时期的碗的器型也丰富起来了，有了直口、撇口、葵口等，施釉也逐渐接近了底部，有钱人家的已经开始施满釉，也有简单的装饰图案出现了。

唐代　铜官窑　碗

当南方酷暑的燥热随着傍晚的落日渐渐褪去的时候，长沙铜官窑的窑工却奋力地往窑口里填着柴火，希望这旺旺的炉火，把他们独创的釉下彩陶瓷烧遍世界。这个在唐朝盛极一时的外贸窑口，吸取了唐三彩和波斯、大食等国家以及佛教、伊斯兰教艺术的优点，创立了独有的釉下褐绿彩绘，不仅改变了原来只有青、白单色瓷器的状况，而且在瓷器的表面也开始了刻花、浮雕的尝试。

中国国家博物馆里还存有几件铜官窑的器物，每每与之相视，眼前依然是那片热腾腾的窑火，海面上那片跃跃欲试的帆……

器物就是这样。每个物件，都仿佛像一段俊秀的小文，初见朴实，却耐得起琢磨，间隙会心一笑，便嗅出了岁月的味道，看出了人文的图式，领略了文心和匠义，让人每每沉浸其中却不能自拔。

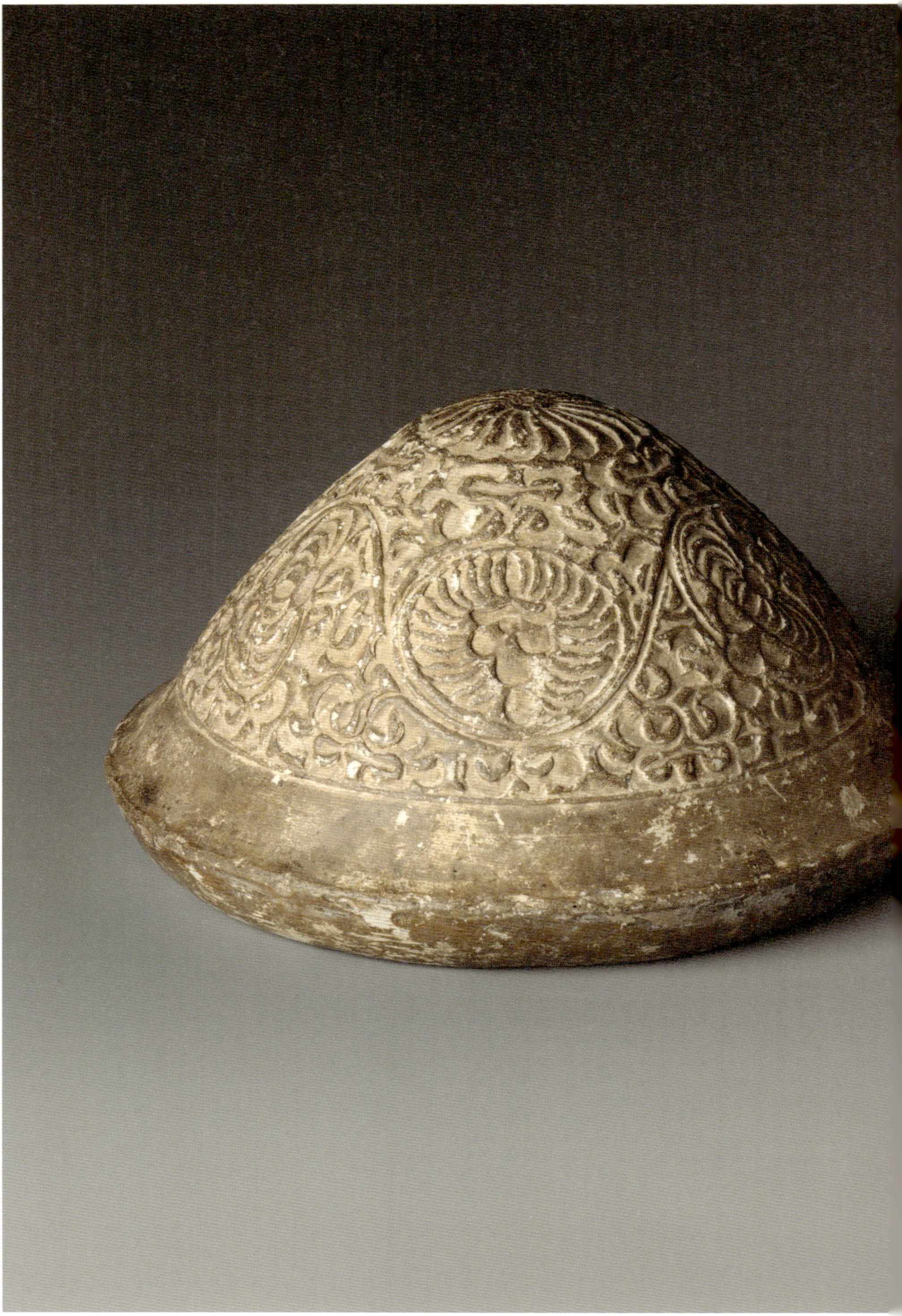

11—12 世纪的模具（模范）和碗

设计师刘柏煦设计的碗

碗还在，米香还在

每次回到妈妈家，都能看到那两只白底蓝碎花碗，没什么特点，也不惊艳，但看起来却很有家的味道。

它们被生活打磨得没有了最初的光泽。它们沾过胖胖的白米粒，盛过红黄相间的西红柿蛋汤，装过亮油油的红烧肉；无论是一碗薄粥，还是美味佳肴，总是碗先替我们尝到个中的滋味，日复一日，年复一年，碗里面储藏了个中生活的味道。

每次回父母家，那碗总在，那阵米香总在，那温暖也总在。

总是听到妈妈在厨房吆喝一声："吃饭了！"全家便动员起来。有人负责收拾桌子，有人负责摆好每个人的碗筷，等着妈妈把饭菜端上桌子。每个人都用一个属于自己的饭碗，盛上刚煮好的米饭，然后默契地等着全家人都坐好，等着爸爸开始第一个动筷子。一顿温暖的餐饭就这样开始了。托着手中饭碗，用筷子把喜欢的菜夹到碗里，那是熟悉的场景和味道。

米饭的香，总是能唤起那些印在脑海的旧日风景与回忆。

大学离家，他乡谋生，此景已相去甚远。但每每看到手中的饭碗，依然会想起那时候和父母在一起的日子。不知为何，总会有种隐隐的感伤。可能是因为它记录着过去的日子吧！手中这土火相融之物，会让我们想起已然远离却渴望回归的故土。

米在碗里，盛的是家乡的月光。

天下最好吃的饭菜，一定是出自妈妈之手。像那漫无边际的草原上，那块玛尼堆上的经石一样，饭碗安静地在我们生活中，陪伴着我们，守护着我们，会让我们时时想起远方的父母和已经离开了许久的家。

用久的器物，就会变成家人，就像这饭碗一样，好的饭碗应该是沉静质朴的。样子和重量一定要适合托在手上，因为每天使用，让手能感知到温润，让心情能平静下来，才是最好的。

曾经买过日本美浓烧的饭碗，开始用有几分喜欢，但时间久了，发现并不好用。日本人的饮食结构多以生食、面为主，也保持着在榻榻米上吃食的习惯，他们的饭碗和面碗是区分开的，这和中国人是有区别的。对于中国人而言，饭碗不仅仅是用来盛米饭，也会被用来盛汤、盛菜，甚至盛水果。

中国人的饭碗是由中国人手的大小和饮食习惯决定的。

西方人习惯于"盘食"，吃饭时，无需端起放在桌上的餐具。相对于此，中国人则是"碗食"，习惯把碗端在手里，一只手端着饭碗，一只手去夹菜，这是中国人吃饭的习惯。即使碗里是滚烫的饭菜，我们也会用手指端住碗的边缘和底部，这样就不感觉烫了。

而这一切之所以能够实现，正是由于中国饭碗的绝妙尺寸。

中国人使用的饭碗直径很少超过12厘米。那是因为将我们的两手合围，直径约为12厘米。也就是说，将碗的直径做成12厘米以内，是最适合我们一只手端取的。而我们饭碗的高度，一

中国饭碗比例图

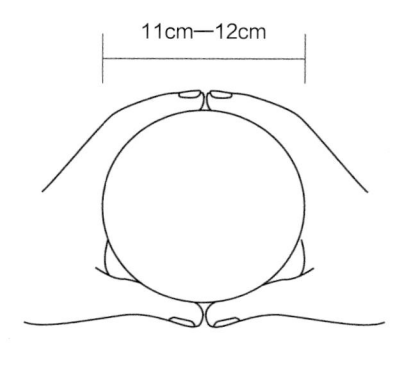

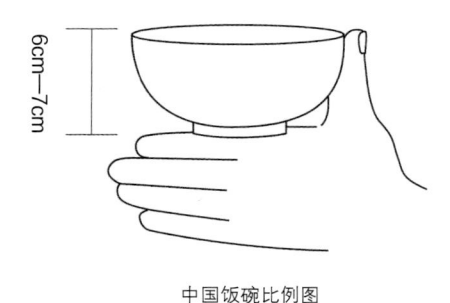

般是碗的直径的一半,最多也不会超过 7 厘米,这正是大拇指的高度,这样,我们才正好用拇指扣住碗沿。

古人席地而坐,会铺几层垫子,为设席。而垫底的竹席,紧靠地面的一层称筵。唐代以前的中国人,一直是席地而坐的生活方式。席地而坐的时候,要将餐桌上的食物送到嘴里,就必须要有适合的器皿辅助,这便是碗的作用了,这个时候,碗就变成了连接食物和嘴之间的工具。

将碗从餐桌上抓取起来，端在手里，我们至今在使用碗的时候，还保留着祖先留下来的这些席地而坐时的动作。

很多时候，文化作为一种社会现象，是人们长期创造形成的产物。同时又是一种历史现象，是社会历史的积淀物。以生活为范本，关注和研究人与物品之间的学问和故事，清晰地挖掘器物本身的演化过程及它的文化层面，解读器物与人、社会之间的关系，还原器物里的最真实的生活方式以及蕴含的智慧，是找到解决生活问题的日用之道的最根本方法。

盛在饭碗里的家族文化

我们常说：过节了，一起吃顿团圆饭。这种情结像我们身体中的某根神经，总是在节日到来之前，不停地跳动起来。不远千里赶回父母身边，围坐在桌子旁，摆好碗筷，等热气腾腾的饭菜端上来，这便是大家团聚在一起最快乐的时候了。这时候，饭碗在作为最普通的餐具的同时，也具备了计数和纪念的功能。

"人归落雁后，思发在花前。"整齐摆放的碗筷，这时变成了一种形式，也变成了记录这个家族人数的符号。

每副碗筷都代表着一个人，可以感受到使用者留下的气息，也可以感受到它背后隐藏的每位使用者的故事！于是，即使祭奠的时候，我们也经常在祭奠的桌子上为他摆一副碗筷，生生死死，他都是家里的一员。就像新月恨易沉，缺月恨迟上一样。人生短暂，相聚总显得匆忙，总是带着遗憾。但一碗一筷，饱含着温度和眷恋，也记录着我们的挂念。

我们就在这传统文化的规则里面，循环往复。

这是我们永远割舍不掉的情感的维系，也是我们永远走不出来的规则。子孙的繁衍、对祖先的敬畏、孝敬老人、谦让顺从，这样的规则在我们出生那一刻，就已经印在了我们心里。并且，逐渐地变成了我们内心的秩序和规范。

中国人的文化是基于中国人的家族文化构建而成的。对于中国人而言，家族在心目中是一种宗教，一种游离于以儒、释、道三教为核心的文化体系之间的体系。

家族是我们社会生活的核心，也是在我们血液里抹杀不掉的东西。家族的延续、和谐、团结，以及家族的荣誉始终在生活中、工作中影响着我们。五千年的农耕社会，构建了一个相对稳定的结构，人们依赖于土地生存、繁衍，也往往是以集体化的形式聚集起来，这样便形成了家族在特定区域里一些特定的形式，家族也成了社会的基本结构与功能单位。中国人家族文化的精神和灵魂，就是这千百年来通过一系列的约束和仪式而沉淀下来的秩序，这也是家族存在与活动的基础。

中国人用阴阳鱼所构建的太极图，在一个圆中呈现着无限的循环。埃及人将细绳系成一个圆，来预示着永恒；基督教把圆圆的光环挂在了圣人头顶，表达着神圣；佛教也用圆形的团城来描绘心中的"曼荼罗"。圆应该是每个人的心灵的象征吧。在我们的世界观里，圆象征着生命的统一性与完整性，也象征着人类和整个自然界的关系。

中国人的"碗食"与西方人的"盘食"在不同的文化背景下，像两条铁轨一直平行地延伸着。直到清代早期，两广和福建地区大量的出口陶瓷餐具，我们才开始使用西餐中常用的平口盘。

但人们用的碗终究因为个人的喜好不同，变得各色各样了，而小小的碗也成为它主人的写照。

自从用了柏煦做的饭碗,就再提不起对美浓烧的兴趣了。柏煦的碗,通体白色的釉,碗边的两条蓝线,让我瞬间想起小时候家里最常用的蓝边粗瓷碗,家的味道瞬间弥漫开来。可爱的蓝边小碗,无论从重量,到尺度,到质感,都是那么的称手。而且,碗沿的厚度在上下唇之间刚刚好,接触的一瞬间,那种安全感和温暖感迅速传遍身体,使劲地把碗里的饭扒进嘴里,只是希望那种感受来得再强烈些。

因为那碗里盛着的,不仅有故乡的阳光,也有那记忆里磨不掉的流水声、虫鸣声、树叶在微风下的沙沙声。

故乡不在远方,近在咫尺。它就满满的盛在我们喜欢的饭碗里。

朋友安安在面包店实习的时候,写下了这段话:老师告诉我,面团在手中的时候不要用眼睛去看它,要用心。于是我抬起头,看见秋天的树金黄绯红,枝丫漫过青瓦的屋檐;看见老师两岁的女儿 vana 在追一只唱歌的鸟,风吹起她的裙摆,露出戴眼镜的 Hello Kitty 的小内裤和胖胖的小腿……然后,我就把这一切都揉进面团里了……我想柏煦在做这个碗的时候,也一定是这样的吧?

好的器物往往起始于人与物之间的一段对话,或者对生活的一段思考。

人和物之间,也一定存在着某种联系,一种看不见却可以被感受到的,又很难用词语来描述它的存在的联系。也许关乎记忆、经验、情感,也许关乎其他。

生活的尺度

无数种行为构成了我们的生活。吃饭、写字、睡觉，每一种行为都对应着最适合的尺度，因此最适合生活使用的尺度，也就自然而然地在我们的记忆和经验里留下来了。

我们的饭碗是根据我们手的尺寸做出来的，我们常用的筷子也是根据中国人的手的尺寸做出来的。筷子的长度是人手的"一拃半"。"一拃"是大拇指和食指伸开后的长度。这个长度基本是人的小臂的长度，当小臂带动手，使用筷子去夹取食物的时候，恰恰形成了最稳定的平衡关系。

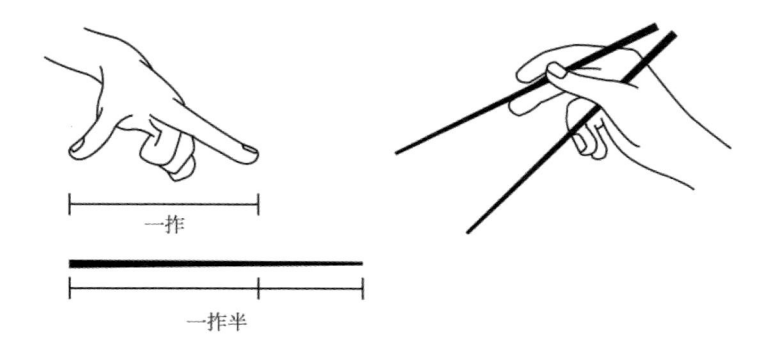

从桌上端起饭碗，用筷子把碗里的米饭轻轻地划开，拨散，让米饭的热度逐渐降到可以食用的温度，然后用筷子把米饭团成

小饭团，再送到嘴里，然后一小口一小口地来回重复着。这基本就是我们吃米饭的状态，这种细致有序的动作也往往藏着我们甚至意识不到的对家人的尊重和对食物的敬意。

木质或者漆制的筷子，带着材料的温度和记忆，拿在手里重量刚刚好。看似两个简单的小木棍，用挑、拨、划、翻、扒、捡、捞、戳、夹的这些动作，把已经处理成丝、片、条、丁、丸、块的食材，轻松地送到了我们的嘴里。所有这些功能，所有这些动作，虽然貌似随意、没有秩序和规则，其实却是极具智慧的，完全不像繁琐的法餐，要记住每个刀、叉、勺子的用途，用切、割、扎、舀机械地操作着。

器物，不仅是人日常生活所用之物，更是人心灵中十分重要的意象。每个民族都有自己的审美尺度，中国古代设计充满了人情味，以人性的尺度去欣赏、认识和创作，并寄寓于这些器物中的人的哲学精神、人格理想、生活情趣……

中国人的筷子是头圆尾方，呈现着中国人对世界的认知。圆的象征天圆、方的象征地方，表示着"天圆地方"。这是老祖宗最初对这个混沌世界的认知，在日用之物中，往往也隐含着朴素的哲学思想。

外形已经无法再简单的木筷，轻巧易用，在与唇齿相接触的瞬间，再次完成了我们与自然之间的连接，食物所带着的味道和温度，和着这柔和的木香，便是那一刹那最美的感受吧。日本人会把筷子做成一头尖一头方的，因为他们依然还保留着席地而食的习惯，这无形地增加了嘴和食物的距离，在夹取食物不方便的时候，完全可以用筷子尖扎起来。而中国的筷子是一头圆一头方的，方是为了防止筷子在桌面滚动，圆是为了更好地夹取食物。中国人的食物是形状各异、千姿百态的，如果要夹起放到嘴里，貌似应该需要很多工具，聪明的中国人发明了这两根最简单的圆棍，两根圆圆的筷子头，在与食物接触的瞬间，能最快速地与食物形态形成契合的接触面，而且能够通过力度来控制接触面的大小，完成最天衣无缝的夹取。

餐桌上的筷子和碗

这就是蕴藏在中国人日用生活的智慧吧！大道至简，单单的一个简字，打开了每个人想象的边界。很多时候，边界的模糊会让人有更大的想象空间。

小时候在饭桌上，吃到好吃的菜，家里的长辈总是会用筷子指着其中一个菜，点点头，说这个做得好。而我们从小就被教育着使用筷子的忌讳，不能用筷子在菜盘里来回寻找，这个叫执箸巡城，也不能拿着筷子在菜盘里不停地扒拉，这个叫迷箸刨坟。

筷子相对西餐的刀叉更接近于手指的作用，除了把食物从盘子中送到嘴里，还有着一种指示功能，它指向食物，指明了自己的需求和态度。

在家族式的和餐情况下，这个功能是非常重要的，大家围坐在餐桌前，每个人都通过筷子指向自己想吃的食物，而由于筷子的形状，无法一次性夹取大量的食物，人们只能一点一点地吃着那盘菜。某种程度上，通过筷子，我们构建着餐桌上的秩序。

这秩序来自祖宗们对生活细节的讲究和对日常器物的妙用。器物中所包含的日积月累的经验和智慧，是我们最好的设计模板。所以，我们寻找的日用之道，就是希望是重新发现生活中那些隐含的智慧，不变的情感，以及不可或缺的秩序。在已经熟悉的事物中找到未知的新鲜感，从而回到事物的原点，从中去发现事物的本来面目。

古承今袭的圆

古承今袭。器物和人的行为是文化活的表征,是当时的社会观和精神世界的集中体现。每个器物的造型、材质、色彩,像一条条线索,把我们拉回到旧时光,以及很多规则开始的地方。

围坐在圆桌旁,手中托起圆圆的饭碗,用筷子在圆的盘子里夹起喜欢的菜。每个中国人都是以家族为圆心,以自我为外延形成一个圆。每个人之间的交流、沟通,都是一个个圆的切线。与中国家族式文化结构不同的是,西方人是以自我为中心来画一个圆,所有的圆又聚集在宗教这个大圆里面。

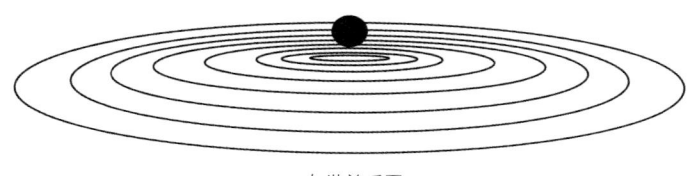

存世关系图

中国人存于世的基础关系,就是一个一个的圆构成的。

费孝通先生在《乡土中国》里谈到的,这些圆所建立起来的人与人之间的关系,以"己"为中心,像石子投入水中激起的水纹一般,一圈一圈推出去,愈推愈远,也愈推愈薄。圈子的半径的长短，构成了差序格局，就是人伦。这是中国人社会结构里最基本的概念。中国人正是用这样的一种观念，构建了自己的圈子，也构建了家。在中国人"家"的关系里，每一种关系，都有着清晰而准确的称谓。这是对家所构建的亲属圈子上最直接的定义，一听称谓便能明辨与己之关系。

大家为国，小家蛰居。中国人的家可大可小，大则五世同堂，小则三口之家。每个人也都在一个圆里面按照自己的速度运行着，并常常在不停地寻找并调整方向，虽然没有开端，也没有结束。

而中国人的"家"与"家"的关系，就是圆与圆的切点。

西方人用钢笔画着一条笔直的直线，这直线如一把利刃，在每个人的心中清晰地刻画出了准确的界限，非左即右、非黑即白、非对即错，丝毫不能越界。而中国人却用独有的智慧，用毛笔画出了一条浓重的墨线。这墨线沿着内心的路径，散漫地晕染开来。

西方人在遵守规则的状态下，不断地选择着，中国人却在有与无、似与不似之间寻找着平衡。

达·芬奇用了各种公式和算法来表达他对世界的认知和憧憬，坚定而努力地计算着，试图通过数据来证明梦想的准确性。而与张旭齐名、合称"颠张狂素"的怀素大和尚，跑来与颜真卿讨论书法，颜真卿一句"何如屋漏痕？"便使他一切了然了。

"屋漏痕者，欲其无起止之迹。" 中国的书法如此，中国人骨子里的思想如此，中国人的器物也如此。

我们常用的筷子、马扎、包袱，简单得不留痕迹，却可以让使用者随心而欲，变化无穷地去使用。百工者以致用为本，中国的工匠围绕着"用"字，悟得了无与有的妙用，模糊了器物的使用边界。这种情况下，器物功能的发现和创造，不仅仅是来自制作者，更多的是来自使用者。工匠们在遵循着固定的法式的同时，放下了自我，给使用者留下了凭着对生活的感受，让个性自由发挥的空间。

在烟台海边渔民的手里得到一个筷子盒。喜欢上它是因为惊喜地发现，它是用传统的鲁班锁的结构做的，不需要钉子和绳子，完全靠自身结构的连接支撑着。一直觉得这个结构是用在传统的大木作和家具上的，而用在日常生活中，还是第一次遇到。这是当地渔民在船上用的，海上的颠簸，风浪的侵蚀，如果用绳子和钉子来连接，应该是抵挡不了多久的，时间长了，木头会被海水腐蚀，也会在海浪的颠簸中散架，但渔民却巧妙地利用了中国传统的木建筑结构方式，规避了这个问题。而且，这个结构在出现几根木架损坏的时候，可以随时换掉。

鲁班锁是中国独有的发明，是一种榫卯咬合固定的木结构。中国传统的建筑大多以木构架结构为主要的结构方式，而最基础的结构就是榫卯结构。中国传统的房屋很少有现在这样的地基的，基本是在地面构筑台基，靠柱础与台基接触，用柱子支撑起来的。梁、柱等各个构件之间的结点又以榫卯相结合，利用木材固有的弹性和张力，来完成整个房屋的架构。

这样的结构的好处是，在地震的时候，可以通过木材的变形

烟台渔民的筷子盒

来减少房屋所承受的压力。换句话说，就是这样的木结构，虽然结构很紧密，但在经历大的震动的时候，可以根据震动产生一定的变形，也可以根据震动产生一定的晃动，在一定的程度中，是不会房倒屋塌的。

渔民的筷子盒也巧妙地利用了中国建筑上的这个结构，在漂泊的海面上，虽然颠簸，筷子盒却能随着晃动，调整着最合适的状态，轻易不会损坏。

而日本人的风吕敷至今还保留着中国包袱的痕迹。一块只有两面的方布，却可以根据东西的尺寸、形状的不同，不断地随之变化。几下看似简单的动作，就可以把面前的东西完整地包裹起来。而我们现在用的行李箱，往往要根据箱子的大小来安排物品。

经过岁月考验过的事物远远胜于新的事物。器物也是一样，让人能够从中发现和体会器物中隐藏的智慧，也许更能让我们体会到快乐。

小器物里面藏着大智慧，仔细品来，有种恍然大悟的快乐。从这些器物中感受到"快乐"，其实是一种共同的价值观，而这种价值观，正是我们通过日常生活的经验和思考所产生的审美意识。也就是讲究事物的背景和因事物而产生的情感，去感受眼睛看不到，隐藏在事物背后的那部分。也只有在中国这样博大的文化下，才能产生包袱这样的器物吧！无论物品的大小形状，包袱都能随形而走，用时，能包天下，不用时，恍若无物，这才是古人的生活智慧。

穿行在泉州的家庙

集体化是中国人生活的基本形态,在集体之中被承认,中国人的安全感才会获得极大的满足。

去年酷暑时节,在泉州的大街小巷穿行,无意拐进一条小街里,便误打误撞进了一间宗祠。眼前是规规矩矩的形制,密密麻麻的子嗣名字和堂前的香火缭绕。它并不很起眼,就在一片民宅中间。祠堂的正厅挂着的是描金宽匾的堂号,左右墙面挂满子孙的名姓。高厅亮堂、精雕细刻,能看得出来是选用的上等材料。越是有权、有钱的家族,他们的祠堂往往越讲究,这是这个家族子孙兴旺,光宗耀祖的一种象征。

一般情况下,堂号是由家族里德高望重之人或者请外姓书法高手来写的,如果曾经为官或者立过功,被皇帝御封过的,可制"直笃牌匾"。祠堂内的匾额种类很多,除了堂号,还会根据族人的荣誉悬挂各种匾额,如状元匾、探花匾、贞洁匾,等等。祠堂内的匾额尺度、规格与数量,都是这个家族用来彰显地位的资本。

明嘉靖帝之前,普通老百姓不能立祠堂、家庙。虽然祠堂在周朝就已经出现了,但却有着严格的制度。周朝规定天子可以为七位祖先立庙祭祀。至今,我们祠堂里的牌位依然还按这个规则。"天子七庙，三昭三穆，与太祖之庙而七。诸侯五庙，二昭二穆，与太祖之庙而五。大夫三庙，一昭一穆，与太祖之庙而三。士一庙，庶人祭于寝。"此处频频出现的"昭穆"二字，便是中国文化中有名的昭穆制。昭穆制是我国古代的宗法制度，严格规定着宗庙、墓地或神主的辈次排列；简单地说就是祠堂里祖先排位的规定。

传统文化中，室内座次以东向为贵，其次才是南向、北向和西向。所以，家族的始祖居中，朝东；二世、四世、六世位于始祖的左方，朝南，称昭；三世、五世、七世位于右方，朝北，称穆。左昭右穆就是宗庙、坟地和牌位的左右位次。

有趣的是，昭穆制也衍生出了昭穆诗。至今，很多大家族还在恪守着这个规矩。简单说来，就是辈分排行。子孙起名时候，遵照执行的文字，这样才称呼不乱，世系有序。目前孔孟二姓，依然遵照此执行，就是我们所熟知的庆、宪、凡、祥、令。每个子孙的名字中间按辈分，都会有一字。朋友的母亲，太仓的大户人家，按她的辈分，名字中间是源字。有一次她在旅行攀谈中，通过名字中的源字，遇到了恰巧坐在对面的，自己同宗同族的表兄。

昭穆诗一定要写在族谱首页，分为四字、五字、七字一句，每一字代表一辈。以前，给子女起名字，男孩一般用《楚辞》里的文字，女孩一般用《诗经》里的文字。昭穆诗也依然延续着这个规矩，字大多取自"四书""五经"。这种辈分排行的规矩至今沿用。因为有了昭穆诗，族人不管走到哪里，凭此就能彼此认祖归宗，亲人相认了。

如果字数用完了，就需要家族里德高望重的族人，重新成诗，编于家谱。清道光年间，就有山东莱阳修姓族人派三位代表赴龙口修家村祭祖认宗，他们共同议定了"人思先世德，善述振宗声"十个字，作为他们家族共同的系统使用。在做家具的时候，遇到了经验丰富的修厂长，便是"世"字辈的，遂听他谈到这段往事。

事实就是这样，不知不觉中，我们被这些似乎看不见的规则指引着，规定着我们的行为。它们来自我们的日常生活，在几千年的演化过程中，通过文化构建了完整的知识体系，而这些知识体系，一直影响着我们的生活。

它像一个算盘，每个人都是算盘上的珠子，而文化则是那根串起珠子的细竹棍。

嘉靖皇帝朱厚熜似乎希望砸碎这个算盘，重新排列那些珠子。

在以地方亲王身份，进京继承正德皇帝皇位的时候，朱厚熜给那些恪守规则的大臣们上了一课：百官皆伏东华门，一人独入大明门。因为他是过继给正德帝的，文武百官希望他以太子身份进城，从上朝的东华门进入，来继承王位，而嘉靖帝执意不肯，拒绝了这个请求，直接从皇帝走的大明门进来了。此波刚平，一波又起。因为"皇伯考"，嘉靖帝又以父之名发动了一场"大礼议"的政治运动，嘉靖帝希望给自己的生父立庙，立生父为正宗皇帝，这是大明朝前所未有的，百官就"继统不继嗣"展开了大辩论，这便是明史上著名的"大礼之争"。此事轰轰烈烈的，在嘉靖帝的高压下，进行了三年才尘埃落定，而这次政治运动的结果也产生了新的规则，那就是"许民间皆联宗立庙"。

于是乎，以父之名，全国掀起了建家庙、祠堂的热潮。

中国祠堂效果图

书房一角

游梦书房中

钱穆先生曾经说过:"大体文明文化,皆指人类群体生活言。文明偏在外,属物质方面。文化偏在内,属精神方面。故文明可以向外传播与接受,文化则必由其群体内部精神累积而产生。"(钱穆《中国文化史导论》)

器物是人类创造的物质文明所呈现的可见的显性文化的载体,它同时也承载着生活制度、家庭制度、社会制度以及思维方式、宗教信仰、审美情趣等制度文化和心理文化这些不可见的隐性文化。

书房在当下社会再次兴起。我们曾经因为没有足够的空间,家里房子太小,所以就没有了书房。但是,并不是真正因为这个原因我们才一度没有了书房,而是因为,很多人的生活里已经没有书了。我们失去了读书的习惯,也就自然而然地没有了书房。而现在所谓的书房,很多只是因为现在居住条件好了,房间多了,便拿出一间称为书房罢了。很多所谓的书房更多的是没有书,或者书只是拿来装点一下显示自己还算文化人而做做样子。据统计,中国人平均下来,一年的阅读量,包括火车站文学,包括《故事会》,也就是一年一人一本而已。大部分的城市人,即便住房中间有一个书房,也很少用来读书了,可能是用来打电游的，也可能用来上网。

而现在很多所谓的书房，往往也只是备上一对仿明式的官帽椅，加上一个条案、一个博古架，如果再宽裕就加上罗汉床，就算是现代书房的比较讲究的标配了。而这些对于期望借读书来观人、观己、观天下或观内心而言，风马牛不相及，更别期望以此书房为据地，去追溯那些可能已经断掉的文明和文化。

想恢复一个书房不仅仅是恢复个陈设的问题。首先要有一个需求，这个需求只能是来自我们内心的笃定和自信，而非家具材料的贵贱，或熏香的稀有与否。当关注物质价值高于精神价值的时候，我们就在自己的文明里彻底迷路，与文化更是背道而驰了。丢掉了规矩、制度，就像看地图的时候，丢掉了比例尺和指南针；迷失文化的方向，也就无法回到真正的精神世界，人就残缺了。

还好，无论什么时代、什么境地，书总在那里；你看它，它就能无端地给我们安心和力量。

如果谈及书房，明代高濂在《遵生八笺》里描述了书房陈设。层次分明，疏朗有致，书卷气息诱人。每每读起，总是让人羡慕不已，那才是书房该有的样子。

"斋中长桌一，古砚一，旧古铜水注一，旧窑笔格一，斑竹笔筒一，旧窑笔洗一，糊斗一，水中丞一，铜石镇纸一。左置榻床一，榻下滚凳一，床头小几一，上置古铜花尊，或哥窑定瓶一，花时则插花盈瓶，以集香气，闲时置蒲石于上，收朝露以清目。……"书房需有一个小几，小几上放上花瓶，还是要哥窑的

明代春宫图中的书案陈设

或者是古铜的，花季插满鲜花收集香气，秋冬闲时，放上石头，收集朝露来清目。想想看，那才是日子！

说来，也只有我们这样的泱泱大国才有这等的精细和情怀吧！

楼上看山，城头看雪，灯前看月，舟中看霞，月下看美人。

明景泰酒器（方尊）形式的花瓶

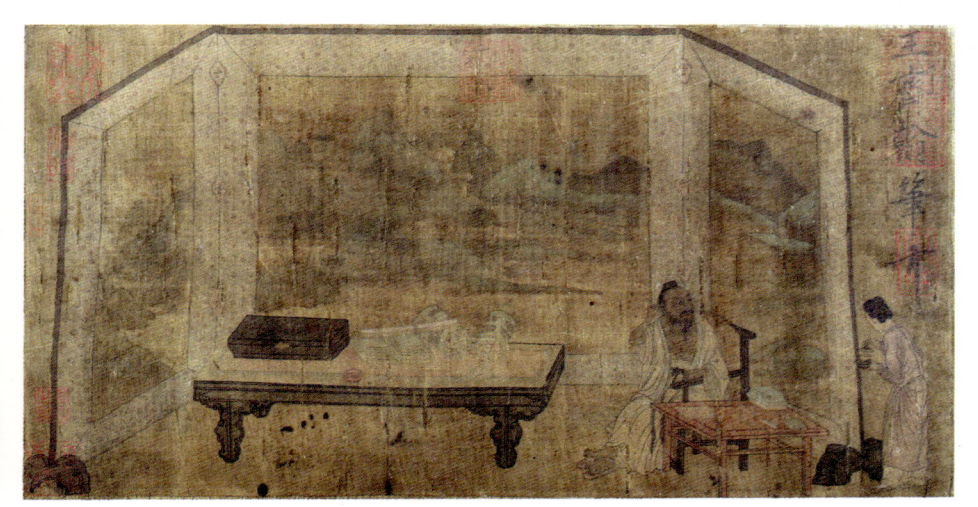

五代南唐　王齐翰　勘书图

看似文人的情趣，借由其在器物上的体现，足以让我们体会到那时的生活之美了。

"借书满架，偃仰啸歌；冥然兀坐，万籁有声；庭阶寂寂，小鸟时来啄食，人至不去。三五之夜，明月半墙。"好一份闲逸洒脱啊！

因为有足够的财力，足够的时间，才会有足够的自信，才会"斤斤计较"吧。"壁间悬画一，书室中画惟二品，山水为上，花木次，鸟兽人物不与也。"古人对书房里的画也是非常讲究的。书房内挂一幅画，山水最好，花草树木其次，鸟兽动物一定是不能挂在书房的。

而今，间或去过几间书房，看到最多的，是墙上赫然四个大字："淡泊明志。"未免有些贻笑大方。如称之书房，便不可以乱来，缘由很简单。

花不可以无蝶，山不可以无泉，石不可以无苔，水不可以无藻。

明末的张潮用《幽梦影》记下了与好友的唱和，道出了一个"纯粹的生活"。那是明代文人最重视的"性灵"，一种清洁、透明而单纯的性情质地。在白居易"中隐"的理论的指引下，他们在有用与无用之间，在仕、隐之间寻求平衡，在物欲和精神追求之间寻找一方诗意家园。

或许每个中国人，都希望在通过孔孟之道，追求个人道德完美的同时，完成老庄哲学所描述的，精神世界的绝对自由。

为月忧云，为书忧蠹，为花忧风雨。张潮的吟唱，道出了当时文人心中的美学意境，也让我与古人为伴，完成了无数次心心念念、酣畅淋漓的卧游。

此心安处是吾乡啊！

读罢醒来，又仿如镜花水月，一场梦而已；虽然还是依然爱着这种热爱带来的恍惚。

明代文人应该也可能像我一样，在游梦中寻找宋代文人生活的影子。

他们在统一的生活样式下，以器物为鉴，寻找着宋代文人的思想轨迹，向往着获得精神上的安闲与自适。古砚，古铜水注，旧窑笔格，旧窑笔洗，古铜花尊。书房中出现的各类摆件、器物便成为文人文化"物化"的一个载体。

苏州博物馆复原书房的局部

北宋　定窯　白釉玉壺春瓶

宋人的"器以载道"

为得"天青""月白",宋代的工匠,用地上的泥土在烈火中捕捉天空雨后即晴的颜色,捕捉那些转瞬即逝的美。他们倾举国之力,造就了把文人的精神和理想,以及物质的至美揉捏在一起的器物。这是宋瓷。

"雨过天青云破处",雨过放晴的天空呈现出淡雅而神秘的自然青色,难以描述,难以捕捉,却又如此真实,就像宋代文人追求的精神境界:虚无和闲适中的自在。

"天下有道则见,无道则隐。"重文抑武的宋代,文人审美占主流地位。连年战乱,北方游牧民族的铁骑和弯刀,已经让宋代文人与"修身齐家治国平天下"的理想渐行渐远,宋代文人被迫转向内心精神世界的追求,同样在白居易"中隐"的影响下,大隐住朝市,小隐入丘樊,似出复似处,非忙亦非闲。求避世,图闲适,期颐将脆弱的美学意识形态留存于个人的内心。想必,这也是胸怀天下而又手无缚鸡之力的文人,对外来侵略的无奈抗争。

内心的强大,在很多时候,会让人觉得可以在精神上战胜强大的体魄,实际上很多时候,事实恰恰相反。精神是多强大的武器?在冷兵器对抗的时代,他们不堪一击。游牧民族根本不在乎

宋代　青白釉碗

南宋　钧窑　碗

对方的精神或文化是否强大，他们只关心每次打仗的时候，获取的物质有多少。

面对游牧民族的铁马金戈，宋代文人总希望用文化来好好理论一些什么，但每次他们都发现，他们的声音总是被淹没在那轰轰的马蹄声和铁器相撞的声音中。

期望和结果之间反差如此巨大，宋代文人彻底失望了。当无法通过灿烂的文化来感化野蛮民族的时候，他们只能选择那些作为文化载体的器物，让对方感知自己的强大。虽然，铁骑和弯刀听不懂这些，但在某种意义上，从主观角度上，宋代文人算是保住了一点面子。此时，寄情于物，借物抒情，就成了最好的办法；器物，便成为他们表达生活方式和生活态度最好的载体。这就是宋代文人时常提及的"器以载道"吧！

雨过天晴刹那间的美，苍远至千山鸟飞绝。像山中古琴上的那抹空灵、高远的泛音，又如皑皑白雪下的一记啸叫，清冷至万径人踪灭。如灰色，看似平静无色，却暗藏了对七情六欲的隐忍。

一切如苏轼赞黄庭坚时所说："意其超逸绝尘，独立万物之表。"

这一切要归功于徽宗赵佶。徽宗字绝画妙，书蠹诗魔，不仅独创一手屈铁断金的瘦金，也为其麾下文人勾勒出了一片幽淡隽永的天青。徽宗酷爱瓷器，笃信道教的他，也喜欢上了道教的色彩。

道教在宋代是非常兴盛的，道教每次做道场的时候，当时

南宋　龙泉窑　双耳瓶

北宋至金　定窑　刻花萱草纹碗

宋代　吉州窑　碗

南宋　官窑　盘

宋金时期　定窑　斗笠碗

称为斋醮，都会有祭天的活动，他们会用朱砂在一种蓝灰色的纸上，书写献给天庭的奏章，焚烧祭天，称为青辞，又名绿章。朱料沉稳的红色，与青藤纸的灰蓝色融在一起，相得益彰，雅致之极。这让徽宗非常痴迷，欲罢不能，也驱使他不断地追求这个心中谓之的美。

"道尚取乎反本，理何求于外饰。"欧阳修说的是：我们追求的道，就是返本还原，回归自然原始；我们所追求的理，无须加任何装饰。"天青""月白"之美，恰恰是去掉任何没有必要的装饰，朴质本源的透明而纯净的世界。这种美，是我们在追求返璞归真的过程中，留给自己的，任由思绪畅游的，无限遐想空间。

这就是从"有"到"无"的智慧。在追求这个境界的过程中，我们手里的器物所呈现出的简朴、安静和内敛，恰恰给人留出了更多的想象空间。

简洁，在很多时候，往往是一个思想完成高度纯净化的过程。

丹纳在《艺术哲学》里提到："每个形式产生一种精神状态，接着产生一批与精神状态相适应的艺术品。"宋代汝瓷像古琴上被誉为"天音"的泛音，最难把握也最难捕捉到，在似乎常见却又瞬间即逝的状态下，呈现出最直观也最客观的美。没有刻意装饰，以最简的造型和颜色，体现了简约与平淡，洗练与清逸，阐释了含蓄与内敛的理性的哲学思想，展现了一种宁静内省的东方式生活感悟。

残败之后，信马由缰

陈寅恪说过："华夏民族之文化，历数千载之演进，造极于赵宋之世。"（《邓广铭〈宋史职官志考正〉序》）有时候我会想，为什么宋朝在唐朝那样繁华的状态下，走向了另一个方向？这与唐宋期间六十多年的五代十国有多少干系？

"绣罗衣裳照暮春，蹙金孔雀银麒麟。"这是杜甫《丽人行》里描绘的当时唐朝的开元盛世。这个当时世界上最强盛的帝国，威震海外。周边国家对其文化与技术，无不竞相模仿，唐朝打造出了强于天下诸国的盛世，也构建了中国文化输出的鼎盛时代。

唐朝的确强大。就像资治通鉴里面写的：唐高祖在未央宫设下酒宴，命令突厥可汗颉利跳舞，又命令南蛮酋长冯智戴咏诗。看似简单的两个命令，却从一个侧面反映了大唐无人能撼动的声威。

赵宋继续着盛唐的繁荣。虽然宋在我们的印象中是积贫积弱的，但当我们展开《清明上河图》的长卷时，"八荒争凑，万国咸通"的景象还是展现在我们的眼前。宋朝经济文化的繁荣，远远超过了盛唐。

物质的极大丰富，往往会推动人走向对精神世界的追求。不知道是因为南唐李后主的"故国不堪回首月明中"的悲凉,还是想彻底否定和颠覆前朝文化,完成自身文化的崛起。当年,开国皇帝赵匡胤,吸取了唐朝藩王割据的教训,采取重文抑武方针,加强中央集权,并剥夺武将兵权。这样做,虽解一时之渴,却未曾想,留下了后患。文盛武衰,终于在立国三百多年后,当时的左丞相陆秀夫背着少年皇帝赵昺,被元军逼到了银洲湖入海口的崖山之上,走投无路,投海自尽。

与宋代文人的精神追求相比,明代文人实在是望尘莫及的。虽然明代文人极力在书籍文献、画卷,乃至当时的器物中寻找着宋的影子,但当一个文化被异族割裂了将近100年后,它已经残破得无法清晰地复原了。

还好,宋室南渡,留下了孟元老的《东京梦华录》,也留下了张择端的《清明上河图》。我们依然能按图索骥,想象着当年东京汴梁的繁华街市和闲美风物。从中,我们看到了皮影戏的影子,也依稀看到了几近失传的被称为魔合罗的泥偶玩具。明亡之后,张岱留下了《快园道古》,虽有仿《世说新语》之嫌,却也让我们能看到当时的生活样式。所幸,我们还能根据典籍对传统文化了解一二,还能从传承下来的器物中一窥端倪。

明代文人找到了更好的玩法:既然无法准确考据,也无法进入前人的精神世界,索性按着自己的内心世界信马由缰吧!明代文人按自己的审美和追求,赋予了古器物新的使用价值,他们把原来作为陪葬的古铜小尊,拿来做了水丞;把本来是炊器的青铜鼎,变成了焚香之器;把用来盛酒的觚、尊,变成了用来插花的

明景泰酒器（觚）形式的花瓶

花瓶。

  难怪有一个当代文人用文字描述了这样一件小事：听说家里要来客人，家里的仆人拿出一个明代的花瓶摆在几案上，结果被他的妈妈训斥了。明明家里有宋代的花瓶，非要拿一个明代的出来丢人。我想这应该不会是通过年代的久远来界定器物的价值，而是对文化的纯粹来分星拨两吧。

明代文人抱着居于今世，可与古人相见的念头，通过器物的联通，在纷乱的世事中寻找天那边的祖灵，寻找着可以安放自己心灵的居所。

明代文人对物是痴迷的，他们执拗地赋予器物以超物质的精神感受和自娱价值。即物见道，在每一件器物的每一个细节上，他们一直试图寻找一条通往内心安宁的路。

"先王之盛德在于礼乐，文士之精神存于翰墨。"器物的所有细节默默地记录下了人类的发展进程，也承载着关乎记忆、经验和生活所赋予的意义。

当那群来自草原，以狼为图腾的蒙古人，在萨满巫师的符咒下，哼着呼麦，打着战鼓，换马不换人，以像风一样的速度，攻打下了大宋江山的时候，血管里流着蒙古人血液的忽必烈，翻阅着中国经典著作《易经》，用其中的"大哉乾元"这句话，确定了国号"大元"。历史上由蒙古族建立的王朝——元朝，就这样一路挺进中原，就此开始了长达近百年的统治。

从朝鲜半岛到波兰的瓦尔斯塔特战役，从极北之地到缅甸蒲甘王朝，从成吉思汗攻陷金国都城到攻下花剌子模的新都城撒马尔罕，从拖雷引兵攻掠四川成都，到忽必烈攻破常州，蒙古人一路攻城略地。忽必烈建立了元朝，但并没有忘了对中原文化精髓的吸收。在前代的各种典章制度的基础上，他推行"汉法"，并在前朝各代的传统体制下，发展变化出了一套新的制度。

此后的九十八年，这个游牧民族在歌舞升平中，从最熟悉的

马鞍上翻身下来，走向了本不属于自己的土地。马背上的颠沛流离，永远比不上大地给人的安全感。他们越来越喜欢在这片被他们占领的土地上的安稳日子了。

"安土重迁"这个中华民族的传统思想，在这无需颠沛流离的日子里，也被他们逐渐接受了。这个用野蛮的武力碾压了中华文化的民族，在华夏文明的影响下，迅速摆脱着野蛮的状态。

文化是文明的内在价值，文明是文化的外在形式。文化经常是在一个文明到了腐败的时候而酿成的酒。文化基本会在一个文明即将坍塌的时候，达到它的顶点。也就是说，当一个文明达到顶端的时候，常常都是文化最圆熟的时期，那这个文明已经即将坍塌了，它将被更强盛、更有生命力的新文明取而代之。这个新的文明，可能甚至都不能叫做文明，相对来说它可能更为落后更

明末清初以"百件古董"为主题的桌帷幔

为原始和野蛮,它通过最直接的武力侵略,便完成了对旧文化的摧毁和融合,并在此基础上构建新的文明。

宋代的文化达到顶峰的时候,也是宋王朝腐败的时候,他们很快就被比他们落后的蒙古人占领了。明代也是一样,二百多年积累的体制弊病,早已积重难返,病入膏肓,最后也被建州女真取代了。

自商周时期开始,西戎、北狄、匈奴不断犯境,秦汉时期,我们也在抵抗匈奴人的大举进攻,西晋时期,五胡乱华,到了北魏,鲜卑定都洛阳,已经统治了半壁江山,南宋在饱受女真人侵扰的情况下,退守到秦岭淮河以南,虽然达到了中国历史上经济文化繁荣的顶峰,最终遭到当时的大蒙古国毁灭性的打击。

"野火烧不尽,春风吹又生。"被摧残的文化,在新的文明

元代　满池骄玉壶春瓶

中，开始了复原和融合。元代的日用瓷器，不仅继承了中原文化的优点，也创新烧制了明显具有草原游牧民族独特风格的器物。

从元代的梅瓶和玉壶春的造型，我们可以明显地看出继承了宋代的式样；元代陶瓷上惯用的，俗称"八大码"的荷花瓣图案，就是在晋代瓷器纹饰的基础上演变而来的。但同时期出现的多穆壶、扁执壶、砚滴、笔山却带有明显的游牧民族的印迹。

游牧民族逐水草而居，流动性比较大，没有固定的居住环境，经常会将贵重的物品和生活用品随身携带。现在，他们虽然已不用再在马背上生活，但却保留着原来的生活习惯，也依然使用着原来的生活用品。元代流行的多穆壶，就是由搅拌和盛酥油茶的木桶转化来的；原来挂在马背上的木桶，落地中原后，被烧制成了色彩艳丽、气派十足的瓷器。

这是对原来生活的一个纪念，而马蹄下的江南美景与漠北草原完全不同，于是，他们开始在盘子、花瓶这些瓷器上，记录下了让他们自豪的一切，记录下了江南的风土人情，四季美景，也记录下了他们原来很少听过，现在却离不开的戏剧中的故事。与此同时，他们也把这些美好生活，绣在了当时非常流行的，被称为纳石失的织金锦上。

所以，生活方式一定是当时社会经济、文化、思想的产物。同时，有什么样的生活方式，就会有什么样的器物。

席地而坐

史前到汉朝，中国人在颠沛流离的生活中，选择了席地而坐的生活方式。

在魏晋以前中国人是不穿裤子的，当时称之为胫衣，类似当下的长筒袜的功能，只有两只裤管，没有裤腰，上端用带子系在腿部。古时候，上身穿的称为"衣"，下身穿的一种类似裙子一样的叫做"裳"。由于古代纺织工具最早使用的腰机，这是一种利用人的腰部和腿部支撑的织布机，所以布的幅面一般是由腰的宽度决定的，整个布的幅面很狭，基本在50～60厘米左右，所以一件下裳，经常要用几块狭幅布横拼起来，样子很像系在腰间的围裙。这也是人们选择席地的一个原因，所以，

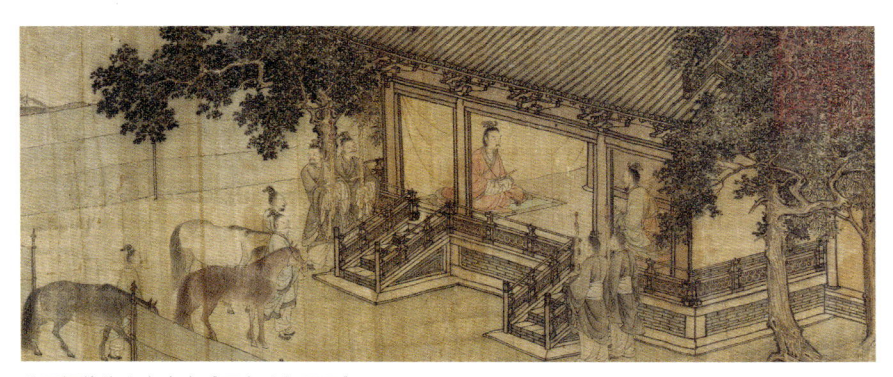

此图据传为南宋李唐《晋文公复国图》

汉代形成的整套的以跪坐坐姿为基础的礼仪制度，应该是当时形势所致。

到汉代晚期，五胡乱华。汉灵帝又喜好胡服、胡帐、胡床、胡坐……京城中的皇亲国戚和贵族竞相模仿，穿着胡服坐在胡床上成为一种时尚。胡人的连裆裤逐渐替代自古国人穿着的开裆裤，导致汉朝末期，席地而坐的生活方式出现了改变。

在中国的传统文化中，很多生活方式和器物，都是完成了一个由皇室到民间，由高到低的，形式和功能递减的过程。因为皇帝的喜好，导致臣子的效仿，再成为子民的追求对象。

约公元前 2030—公元前 1640 年　古埃及出土的折叠椅

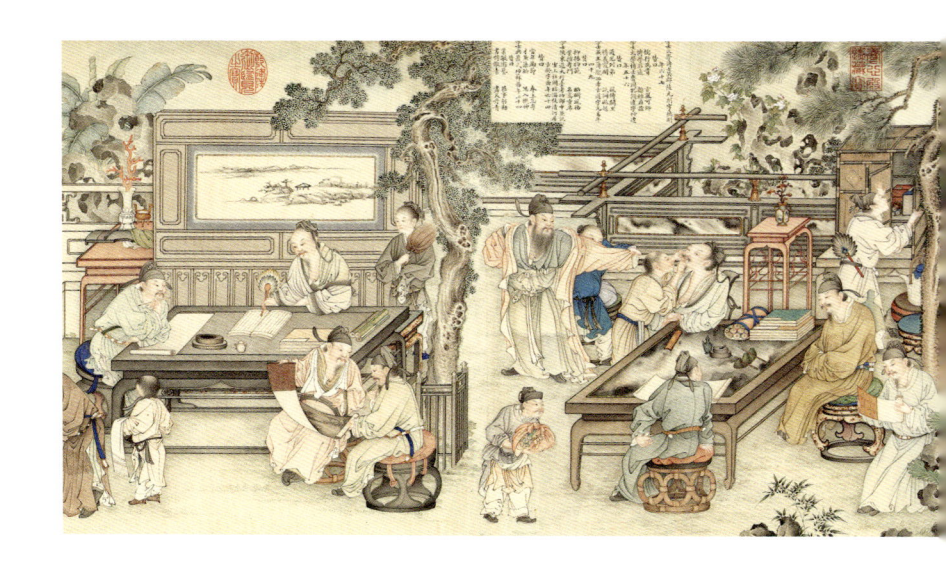

礼失于朝，求诸野。很多时候，我们对平民百姓的日用器物的考据，恰恰可以对当时的上层生活和文化一窥究竟。

当时的胡床，据说是一种折叠的轻便坐具，样子类似于被我们视为传统家具的马扎，而这种胡床最早出现其实是在公元前1700年的埃及。从埃及颇费周折传到中国的胡床，让人们看到新的生活状态。不知马扎这个名字是不是也是外来的，自唐宋之后，中国人对匈牙利或匈牙利人称为马扎儿。

西晋后到南北朝，出现佛教大兴的局面，关于佛教的家具也随之出现了，为隋唐的文化注入了多种文化基因。这时，连档裤开始普及，这就让我们有了坐在椅子上的可能，高型坐具开始陆续出现了。

唐朝虽然高足家具已经被很多人使用，但席地而坐还是人们

清　姚文瀚　《摹宋人文会图》

的生活常态。这时，唐代家具也摆脱了以往古朴的特色，变成了华丽、丰满、端庄的风格。从五代十国时期的南唐画家顾闳中所画的《韩熙载夜宴图》中，我们已经可以看到大家坐在椅子和床上聚会的场景了。

到了五代，动荡让人们放弃了唐代那种华丽风格，重新回到简练、朴素之风，并成为宋元时期家具风格的基础。从宋朝到元朝，高足家具已经普及，宋元时期经济和文化的繁荣，建园造邸之风大盛，导致家具品类和制作上出现繁盛，并为明清家具进入高峰奠定了基础，明清时期，中国式家具发展到了鼎盛。园林与书房的兴起，加之文人参与设计的影响，明清家具无论是品种、品质、风格都达到了一个顶峰。

设计在很多时候，往往来自生活的实际和人的需要，而设计

元至明初　剔黑飞鸟穿花纹交椅

明末　官帽椅

取向的变化是生活形态变迁的直接反映。

晚明时期，当时的文人掀起了大规模的书房运动，这时的家具设计，由于文人的参与，在实践和理论总结两个方面，都取得了重要成就，形成了这一时期独特的文人设计文化。这些文人，以个性解放的哲学观念作为其内动力，将精力投入到具体的生活实践中。家具与当时文人生活的联系更紧密，完成了文人这个特殊群体的独特精神世界的体现。由赵宋时期的"器以载道"，回归到了设计为"人"和为"生活"的本质。

家具的迁徙

对于西方的艺术而言，最初经历的是由形到像到意的过程，而中国历代的文人在艺术创作中，已经将由形到像到象到意过程，升华到直接由象到意的高度，在他们手中，已经不是假山楼阁、小桥流水具体的形象，而是寄寓在其中的人文思想、生活情趣和哲学精神了。

明代文化复兴是在宋代文化被摧毁后不到一百年的基础上进行的。明式家具的顶峰，其实是在各个朝代文化和思想，行为和习惯的基础上，包容、变化、演进，逐渐形成的，完全不可能一蹴而就。

观物比德。林语堂在《生活的艺术》中所提到："当我们认识儒教的公私行为都以恭敬为主时，我们就能了然旧式的中国木器为什么制成那种样子。我们在红木椅子上，只有挺起背脊笔直地坐着，就因为这是社会所公认的唯一合适的坐法。"读了这段话，我们也就明白了，中国传统文化中的"德"与家具以及室内陈设是密不可分的。

一个文明高度发达的时候，就是文化最鼎盛的时期，其实中国古代家具发展到今天的两个高峰，同样是中国传统文化发展的登峰造极的时期，一个是赵宋，一个是明代中晚期。其实从我自己的感知和判断来说，两宋之交应该是中国家具的最高峰，而不是明代。宋代，当时最美的、最主流的大漆家具先行消失了，通过两宋的古画、壁画、墓葬冥器，可窥其灿烂之一斑，明式硬木家具凭借材质的优势和时间距今较短留下来了。而明代几乎所有的家具形制，在两宋时期已全部完备。我们现在见到的并不一定是"真实"的，因为有很多精彩的东西已经不在了，剩下的并不能说明：它在当年是最好的。

历史就是这样，每次回望都会有不同的滋味，也许，这是一个不错的路径，一个可以让我们从复原中国传统文化中，找到未来文化发展的路径。

1892年，当清政府派出的采购团的大臣们，漂洋过海，到瑞典的爱立信公司，订购他们听说很神奇的电话的时候，意味着西方的生活方式和思潮，我们再也无法挡在门外了。欧洲人也随之带着对东方文明的神秘感和淘金的热情，涌入了中国，而家具生产也出现了中国传统家具与"西式中做"的新式家具并存的局面。

北京故宫有一张慈禧坐在沙发上的照片。清道光年间，英国、法国、沙俄的商人将沙发运销中国，供权贵阔人享用，垄断了中国的市场。到了清光绪年间，在上海有一个靠收购旧货、旧木器为业的中国人，名叫毛茂林，他偶然收到一只外国人的旧沙发，拆开后着手进行研究，终于做出了一个沙发。随后，他在上海开设了上海第一家沙发店，取名"安言斯"，同时也兼营着荷兰、比利时进口的家具和美国的席梦思床垫。这里的席梦思就是

俄国十月革命后的家居空间

俄国十月革命后的家居空间

我们现在很多人对床垫的一种称呼。

当时的家具大多数是仿制西方流行的款式。早期有法国路易十五式（洛可可式）、路易十六式、英国维多利亚式及德国新古典主义风格等家具，这些主要出现在东部沿海地区。尤以上海地区为甚，像我们所知道的海派家具。

北京高碑店有个家具店，叫"外滩故事"，有一阵我经常去逛。那里有很多这个时期的海派家具，从这些家具上面，能够清晰地看到"西式中做"的痕迹。而被日、德、俄三国因为土地而胶着的辽东半岛和胶东湾地区，则呈现出很明显的日、德风格。在青岛和大连老城区目前还遗留着一些类似风格的建筑和家具。

20 世纪 20 年代末 30 年代初，哈尔滨已经成为亚洲第二的国际大都市，外资银行在哈埠开设分支机构的就有三十多家，是当时中国的一个金融中心，在哈尔滨的外国商业机构达到了一千八百多个。目前在哈尔滨还可以找到当时设立的十一个国家的使领馆旧址。在 1926 年，中国第一座广播电台——哈尔滨广播无线电台成立并开播。到 1928 年，哈尔滨车站已经可以买到直达欧洲各城市的客票。多国的文化在哈尔滨交汇着，也带来了他们的生活方式。

俄国的十月革命，使大批俄国贵族通过西伯利亚地区，沿着铁路涌入了东北，也带来了具有明显俄国贵族特征的家具和生活用品。带来和中国传统生活方式不一样的生活方式。而与之同行的也有一部分以意大利人、德国人为主的欧洲人，他们在被称为东方小巴黎的哈尔滨，开始了他们的造梦运动。至今，在哈尔滨依然能看到很多工艺主义运动时期的建筑和家具。

其实自1902年始,许多由官方或商人主办的工艺局、手工业工场,已经在全国各地出现了,明清时期的作坊生产和上门定制的局面,被这些所取代,逐渐地淡化了。到了1920年前后,全国木器工场和作坊以及手工艺者已遍布各地,当时也出现了很多有名气的工场,像上海的硬木家具、北京的雕漆家具、扬州的螺钿家具、江西赣县的彩绘皮箱、江西铅山河口镇的柳木器等。但由于外来文化的进入,大批青年人对外来文化和生活方式的推崇,更多的能够改变生活的新产品出现,以及传统家具价格较昂贵、加工工艺繁杂等原因,以致新式家具在各大城市中逐渐兴起,传统家具则退居次要地位。

1931年"九一八事变"后,日本侵略者利用前清废帝爱新觉罗·溥仪在东北建立了一个傀儡政权——伪满洲国,定都长春。大批日本侨民的涌入,也带来了让他们聊以自慰的家乡的建筑、家具和生活器物。在长春和沈阳一带,现在还能看到很多日本人遗留下来的建筑和家具。

1912年,末代皇帝溥仪在紫禁城下诏退位。在大清国消亡到新中国成立的三十多年间,各个国家、各种式样的家具在我们的生活中,以各种形式存在着。

新中国成立不久,苏联、民主德国开始了对中国的帮助,同时也带来了他们的生活方式,他们的家具样式也开始在国内流行。那是一种在统一配给制度下,满足人最基本需求的设计,它需要在满足多功能、平均分配的原则下,创造出一种适应多数人

20 世纪 60 年代　欧洲家居空间

需求的设计。他们那种带有社会主义公有制特色的、公寓式的住宅建制和家具，对当时中国人的生活产生了一定的影响。公有制公寓式住宅和家具的典型特征就是，统一的规格，统一的样式，统一的颜色，以求完成统一的生活方式。每个房间都是一样的，甚至每个门每个窗户都是一样的，不需要有变化。每件家具也是样式相似，基本没有什么装饰，而恰恰重视家具的储物功能，那时，具有多功能的组合柜，开始出现了雏形。

在反映中国 20 世纪 50 年代生活的电影里，我们经常可以看到这些家具的样子。记得那里面很经典的情节,就是夫妻两人为了工作,两张单人床拼在一起,再铺好被褥就是一个家了。那个床往往就是那种黄褐色的,床头是几根竖着的方棍的苏式木床。看来精神世界的极大满足,往往会让人忽视了对物质世界的追求。

  但人们对家和生活的美好向往是永远不会停歇的。20 世纪 60 年代后期,在物质极端匮乏的情况下,价格便宜又很耐用的毛绒玩具、人造花、塑料花瓶、竹窗帘等,迅速成为社会的装饰元素。流苏花边、瓷砖镶嵌、贴花沙发套、绣花窗帘、纸雪花窗贴,人们想尽各种办法,来装饰自己的生活,虽然它们被极其不协调地搭配在一起,但在当时统一生活标准和配给的时代,在统一的生活样式下,一点点的不同,已经足以让人们快乐一下了。虽然是工业化生产出来的所谓的美,人们依然执拗地追求着这种人造的美。

  人还是需要被社会承认的,这是人最基本的社会属性,虽然物质匮乏,但人的这种属性是无法回避的。每个人都希望通过某种东西来证明和显示自己的社会位置。于是,开始以家里的家具有多少条腿,作为结婚的标准现象出现了。也就是说,如果想娶媳妇,先要凑齐家里的家具腿。最开始好像是以 36 条腿作为标准的,衣橱四条腿,床四条腿,床头柜四条腿,沙发四条腿,椅子四条腿,等等。到疯狂的时期已经出现结婚 72 条腿、108 条腿了。在当时计划经济下的人们,收入基本一样,很多产品要凭票供应,很多时候,四处去凑家具票,凑齐了再排队去买家具。

在困难的时候，人们往往会希望从原有的记忆和经验里找寻解决的办法。很多人在这样的情况下，重新回到了几十年前流行的上门定制，选择了请木匠到家里做家具。自己通过关系找到一些木料，然后请木匠到家里，包吃包住，既省去了家具票的烦恼，也可以自己按照需求动手去打造，参照的样式很多来自电影里面，或者朋友家的样子。至今，还记得那时候流行的有五斗橱、大衣柜还有木扶手沙发。

那个时候，虽然苏联已经撤出了援助，但它与当时民主德国、南斯拉夫、阿尔巴尼亚等社会主义阵营的生活方式，对中国人的生活产生了一定的影响。那些受到包豪斯、北欧设计的影响的家具和生活用品，也在这个时期进入我们的生活。当时流行的木扶手沙发就有着北欧家具明显的痕迹。

百姓日用即为道

"天生蒸民,有物有则。"《诗经》里的这段话,意思是说,天地万物都有着一定的法则和规律。的确,这些法则和规律隐含在我们的日常生活中,也指引和规范着我们的生活。

在中国的传统文化中,"道"往往是抽象的,神圣的,是很难让人感知到的,它被看作是天地万物的精神本原和所有事物的内在运行规律,只有人们心目中的那些学问高深的"圣人"才能够认识它、掌握它。老子在《道德经》里,道出了"为学日益,为道日损"的规律,于是,历朝历代的文人学者也把求"道"看作不可推卸的责任,在自己的世界里,苦苦地追寻着。"道"在中国传统社会的上层阶级中,传播着,演进着,也与平民百姓彻底地分离了,因为在他们的意识里,普通百姓哪可能知道什么是"道"呢?

明代泰州学派的王艮,用自己的理论和践行,把这个被束之高阁的又神秘的"道",拉回到普通百姓和日常生活中间。这个出身低微的盐丁,在38岁的时候,投到心学大师王守仁门下,潜心求道。在王守仁"不离日用常行内,直造先天未画前"的思想下,他提出了"百姓日用即为道"的理论,并在此基础上,开创了泰州学派,开始了讲学布道。 也许是因为王艮来自社会最底层的原因吧,他最能了解百姓的日常生活,也最能理解百姓在生活中的点点滴滴。"百姓日用"指的就是人们在普普通通的日常生活中的各种日常活动,而这里的"道"是指人的日常行为和活动中,由于频繁的重复而自觉形成的,一个最合理、最方便、最简易的规则和体系,这也是人在的日常生活和行为中,多次重复而被验证过的知识体系,这个体系往往是因为熟知却又被忽视具体的反应过程。而这个体系恰恰蕴含在每天陪伴我们生活的日用器物中。

"理具于吾心,而验于事物。"任何人和事物的运动和变化,一定遵循着某种规则,无一例外,这存在于事物内部的本质和抽象的规律,就是道。"器以载道,物以传情。"王艮的恩师,格竹七天七夜的王守仁在《传习录》里,清晰地写下了他对人与物之间的根本关系的认知:"身之主宰便是心,心之所发便是意,意之本体便是知,意之所在便是物。"

看到客人来了,我们会马上起身相迎;客人坐下,我们端茶奉水,包括对长辈要毕恭毕敬;这些不知不觉的行为背后,都有着约定俗成的规则和秩序,而这些规则和秩序就是来自我们传统文化中的"礼"和"德"。如林语堂先生所写的这段话:"在儒家社会中,不论男女都应该恭身正容,至少在正式场合中应该如此。在这种时节,如有人将腿脚略微跷起,便立刻会被人视作村野失礼。事实上,最恭敬的姿势如在谒见长官时,坐的时节应斜欠着身子,将臀部搁在椅子的边沿上,才算知礼。"

人的行为规则时时刻刻地影响着器物的形成和发展。有了尊老爱幼的道德规范,就有了正襟危坐的"礼",也就会有与之相符合的椅子出现,就像我们现在看明式椅子的尺度,往往不是从人的舒适程度出发,而是当时的行为规范。明式椅子的椅面一般要离地面六十厘米左右,这样的高度,人的脚很难落地,人坐在上面,也只能像林语堂先生写的那样,屁股在椅面的边缘,向前欠着身子了。

就这样,社会普遍的道德规范影响着人的行为,人的行为又影响着器物的变化,而器物的变化又规范着人的行为。在这样如此往复的规律里,日常生活的规则和体系,被融入器物当中,而器物在这个规则和体系中,根据需要不断变化着,影响着人们的生活。了解了这个过程和规律,我们就可以从人与器物的关系中,发现其本质,发现器物在什么样的文化背景下,在什么样的环境下,是通过怎样的生产工艺和制作方法制作而成,又是怎样被使用的。也会发现器物本身的漫长的演变过程中的每个细节,也从中发现,器物是如何影响人的生活的。

"尽器则道无不贯,尽道所以审器。"发现人与物之间的联系,从"物"本身的结构语意及它的文化层面,来解读器物与人、社会之间的关系,找到器物里的生活方式以及最真实的生活细节。而这些细节便是我们所说的那张指引我们生活的地图,指引着我们去寻找未来适合我们的生活,创造适合我们的器物。

如黑格尔所言,熟知的东西之所以不是真知的东西,就因为它是熟知的。在这个产品满溢的年代,人们似乎已经逐渐漠视了器物对于生活与人类的意义。往日的亲切感也不再了,它们也在我们渐已消逝的文化中，失去了原有的样子。

而我们往往忽视了，这些器物背后的支撑点，就是中国传统文化里所存在的价值观。有这样的价值观，才有了器物的制作方式、使用方式，和由此产生的生活方式。

"生活方式"这个词来自奥地利心理学家阿尔弗雷德·阿德勒。他认为，生活方式是人们根据某一中心目标，而安排其生活的模式，并通过活动、兴趣和意见等体现出来，而这个中心目标是人们自身缺乏的、未具有的优势或其思想中固有的某种价值观。

日用器物是我们用来发现未来适合我们的生活方式的最好的地图。它对于传统的继承和发扬，在传统观念、传统文化和现代生活方式之间架起一座桥。透过器物，我们看到了当时的生产方式、价值观念、审美情趣、思维方式，发现了人们固有的，内心深处永远存在的精神性的东西。而这恰恰是我们理解潜藏于传统中的审美情趣和深层思想本质的最好的方法。从器物中萃取出长期运用，而得到反复验证的经验和智慧，发现传统的未来方向，发现人们内心真正的需求，从而发现我们未来生活方式的方向。

对未来生活方式的思考和憧憬，一定是建立在对过去生活方式的研究和思考，对当下生活的审视和反思的基础上的。

格物之为乐，致知之为悟啊。也许每个人都需要在传统文化中，寻找一点智慧，寻找一点自信，来指引现世的生活。

第四章　看见回声

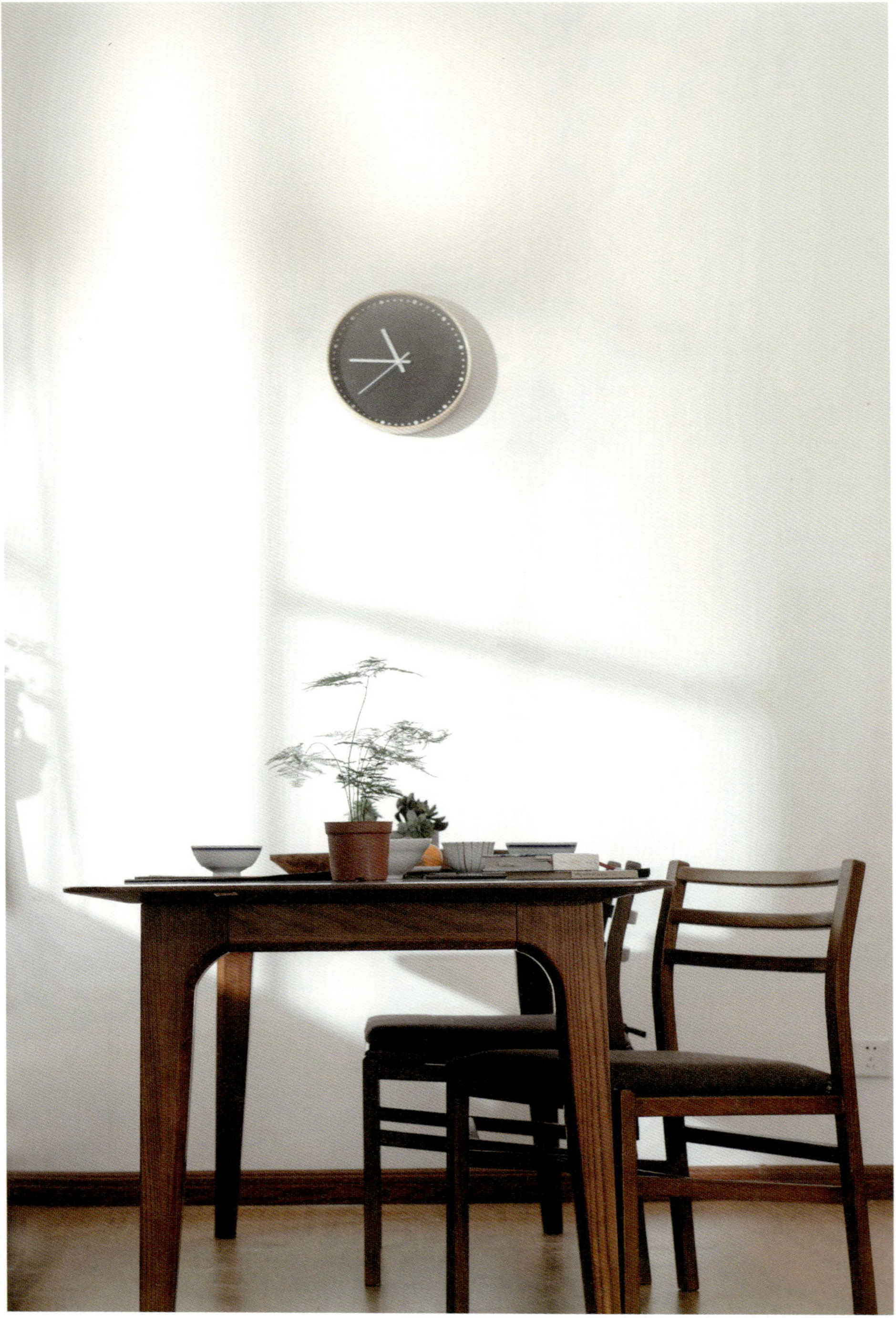

仿佛有种看不见的东西始终胶着在我们和器物之间。每次与怦然心动的器物相遇，那种东西好像之前曾经在某个时间、某个地方触碰过，这种触碰的感觉不仅仅是来自肢体，也来自内心。最初模糊的印象，也像胶片在显影液里，渐渐显现出来一样，一切就这样凭空地发生着，也让我们的内心，不由自主地随着这个看不见的东西，激动着，浮想着，一切仿如梦境，倒映出"我"的影子。

每个人都在生活里寻找着自己的影子，寻找着自己的回声，无论是有意识的还是无意识的。

如果器物里面隐含着某些被使用者认可的信息，或者在器物上面发现相同的价值观的时候，器物和使用者之间的距离就迅速缩短了。

曾经在某个时间，是因为真的无法判断准确的时间了，也许是几天前，也许是几年前，也许曾经久久凝视，也许曾经擦肩而过。时间作为一个人为的参考计数标准，恰恰为记忆做了一个个的刻度，而那个看不见的联系应该就在我们的记忆里。也许是阳光、空气和水带给我们的味道，也许是树木、土壤给我们的温暖，也可能是某段经历，也可能是一个人，无论是什么，有一点毫无疑问，我心里的原有的那份情感被它们深深地触动了。

记忆，是人们对经历过的事情的识记、再现和再识。

秋天的傍晚，与妻在怀柔的乡村小道上，懒散地溜达着，有一搭没一搭地聊着。突然之间，思绪似乎被什么东西打断了，左顾右盼，并没有发现什么能引起我兴趣的东西，正在纳闷，却突然瞟见了冒着烟的烟囱，才意识到是一种味道让我停下了脚步。对！就是这个味道，傍晚乡村炊烟的味道，带着早上的露水的柴火和杂草在炉膛里燃烧后，混合出来的味道。

这是我童年回忆里熟悉的味道。

小时候是和妈妈生活在东北的一个叫林口的小县城，妈妈大学毕业后，被分配到那里教书。每天下班，妈妈都带着我翻过两个岭赶回家，拢起柴火，烧火做饭。我就坐在厨房的小板凳上，闻着那柴火的味道，看着妈妈忙碌着。虽然那时候很小，却依稀记得妈妈把苞米扔在炉火将要熄灭的炉膛里，苞米散发出来的香味和噼啪的响声。

熟悉的味道就是这样，在不知不觉中，触发了我的记忆之流，让我不自觉地停下了脚步。

迁徙的桦树皮

人对周边认知的过程中，具象的器物往往会被感觉彻底抽象化，颜色、材质、形态等许多抽象的元素，在记忆和经验的判断下，被还原、放大，被比对着。

这个桌子好像是小时候家里用的，这个桌腿看着很稳很安全，这个椅子在电视里见过，这个沙发像小时候家里用的，一切由复杂到简单，由清晰变模糊，在这如此往复的观察与重复描绘过程中，每个人都依据人对世界与生活的认知和习惯，重新定义着生活，按照自己的感受，将这些抽象的元素重新构成可以展现出自我价值的美。

在这抽离杂质与自己内心对话的抽象过程中，人与产品建立了某种看不见的联系。这种联系既关乎记忆、情感、材料、行为、形态，也关乎着我们的文化和传承。

还是在赫尔辛基的那个旧货市场，我遇到了一双桦树皮编织成的鞋，说不出的亲切和喜欢，特别高兴地买了下来。大概是因为我见过国内鄂温克族用桦树皮做的"阿达马勒"盒吧，那是一种刻有"南绰罗花"的姑娘出嫁用的梳妆盒，做得特别精美。其间也见过桦树皮做的包包，而桦树皮做的鞋还是第一次见到，也许这就是那份亲切感的来由吧。

在相隔近一万公里的国度里，遇到如此熟悉和亲切的东西，这里的连接应该是记忆吧。但如此远的距离，是如何产生记忆的呢？这让我思前想后，一直纠结着。

是小时候家里一直用桦树皮来点炉子，还是我们彼此之间还有着某些看不见的联系？

北纬40度到70度之间，被我们称为次北极圈，那里有着繁茂的桦树林带，也被称为桦树皮文化带。桦树皮的表层是既柔软而又有韧性的纤维组织，可以剥离下来，做成很多生活器具。弹性很好的桦树皮，既能防潮，又能抗腐，做成的器皿轻便、好携带，不易破碎，极其符合游牧民族的生活状态。

芬兰传统桦树皮编织工艺

中国的鄂温克、鄂伦春族，日本的阿依努人，西伯利亚地区的少数民族，以及斯堪的纳维亚半岛的挪威、芬兰、瑞典都在使用桦树皮来制作器物，也因此形成了这条桦树皮文化带。

现在，我们依然能看到被鄂伦春、鄂温克等民族称为"撮罗子"的，外面包裹着桦树皮的圆锥形"房子"。而在挪威的居住

桦树皮编织的背包与盒子

桦树皮储物桶

挪威的居住博物馆桦树皮屋顶

博物馆里，我们也能发现，当地的居民用桦树皮作为屋顶的防水材料。

这条文化带从某个角度，也让我们发现了历史上文化的交流和传播的一条路径。

公元4世纪也就是中国魏晋时期，一群鲜卑蒙古人带着一家老小，从兴安岭出发，经蒙古中部，游牧迁入欧洲，几经辗转，

8—10世纪　高加索地区椭圆形桦木箱

到现今的芬兰地区，形成芬兰民族。《蒙古族通史》第二册曾经记录了鲜卑蒙古与芬兰人的关系，记载了芬兰人的祖先为鲜卑人。

鲜卑，这个秦汉之际就已经兴起于大兴安岭山脉的中国北方游牧民族，也在这个时期，逐鹿中原，建立了强大的北魏，在中国南北朝历史上上演了一出轰轰烈烈的大戏。

古代的鲜卑，按其部族起源的地区分为两个部分：一个是起源于蒙古高原东部的兴安岭一带的东部鲜卑，就是这个部落的一部分人西迁到了芬兰，另一个就是南下中原建立了北魏，起源于额尔古纳河和大兴安岭北段的拓跋鲜卑。

从拓跋珪建立北魏定都大同，到拓跋宏统一北方，迁都洛阳，在北魏孝文帝的积极倡导下，完全汉化彻底融入汉民族，鲜卑族与中原汉族完成了文字、服装、生活习惯的文化大融合，像赵孟頫的妻子管道升的《我侬词》写的那样，你中有我，我中有你。在北魏的一百多年历史中，鲜卑族与中原汉族已经交融于一体了。看看当时北魏的地图，会发现它基本统治了黄河以北的大部分区域，看来我们无法回避了，也许我们中间很多人，身上都多少流着鲜卑族的血液，也朦朦胧胧地留下了一些说不清的记忆。

手中拿着那双桦树皮编的鞋，我的耳边却隐约响起了雅克·贝汉的《迁徙的鸟》的旋律。在如此漫长的岁月中，多少人也像着迁徙的鸟一样，为了某种目的，或者信仰，不断迁徙着，而这个过程，不同的文化随着他们的迁徙不断融合着、变化着，在每个人的血液中、记忆中留下了印记。

从3000多年前，鲜卑族就开始使用桦树皮做东西了，想必那部分西迁到芬兰的东部鲜卑，也一定必不可少地带上了用桦树皮做的生活用具。在这漫长的行程中，这些器物像一根针，牵引着文化的线。

桦树皮的箱子装着他们的全部家当，桦树皮的酒壶盛着能带来力量的酒，这群鲜卑人在马背上，凭着萨满巫师的占卜和推算，在他手中的"伊姆钦"手抓鼓的咚咚声中，缓慢着行进在西伯利亚那片荒芜的大地上。

古人在前途渺茫的时候，往往会选择宗教，希望能通过它来发现无法解释的自然现象背后的故事，找到能指引方向的心中的神，并以此慰藉。

至今，分布在瑞典的拉普兰地区、挪威、芬兰的萨米人依然保存着萨满教的痕迹。中国东北地区的一些少数民族，也还保留着一些萨满教的仪式。

因为万物有灵，所以心怀敬畏；因为敬畏，所以谦卑、谨慎。

灵魂的纯洁

走进 artek 家具在赫尔辛基的旗舰店，就能马上感觉到北欧人对材料，对自然，乃至对生活的那种尊重。店里的墙上写着一段话：好的家具像一把钥匙，帮我们打开世界的大门。这个 1935 年由芬兰著名设计师阿尔托和妻子创立的北欧设计品牌，很隐秘地在街的转角，却用低调外表背后的气质，简单线条背后的优雅，提醒着使用者"设计"的存在，提醒着我们美好生活的存在。

从 1951 年，在伦敦的 Heal's 家具展厅举办"北欧生活设计展"开始，北欧设计这个词首次被用来描述北欧国家的设计，这个才出现了 70 多年的一个名词，却对我们的生活产生了深远的影响。

1960 年，尼克松和肯尼迪完成了美国历史上首场总统竞选电视辩论直播。两人所坐的扶手椅造型洗练、工艺精湛，让看惯了新古典主义设计的美国人眼睛一亮。扶手椅出自丹麦设计师汉斯·瓦格纳之手。其实，1950 年美国权威设计杂志《室内设计》就介绍了瓦格纳的设计，并在封面上写出了"这可能是世界上最美的椅子"。这次总统辩论的直播，让美国人一下子迷上了这些椅子。北欧的设计就这样，在瓦格纳的椅子的影响下，开始风靡

artek 家具在赫尔辛基的旗舰店

汉斯·瓦格纳设计的扶手椅

美国了。

相隔 7000 多公里，隔海相望的美国人却狂热地喜欢上了北欧家具。其中一定会有某些联系吧，这里，应该是发源于美国的震颤（Shaker）教架起了这座桥。

这个在 19 世纪美国出现的宗教流派，因为他们在祈祷的时候不停地颤抖而得名。

1774 年，震颤教（Shaker）的创建者安妮·李为了躲避英法宗教战争的迫害，带领着一小群信徒离开了英国，漂洋过海，来到了美国。被宗教彻底伤透心的她，带着信徒重新构建了她心里的理想国，并根据自身的生活，以及对生活的理解创建了属于

震颤教教徒房间

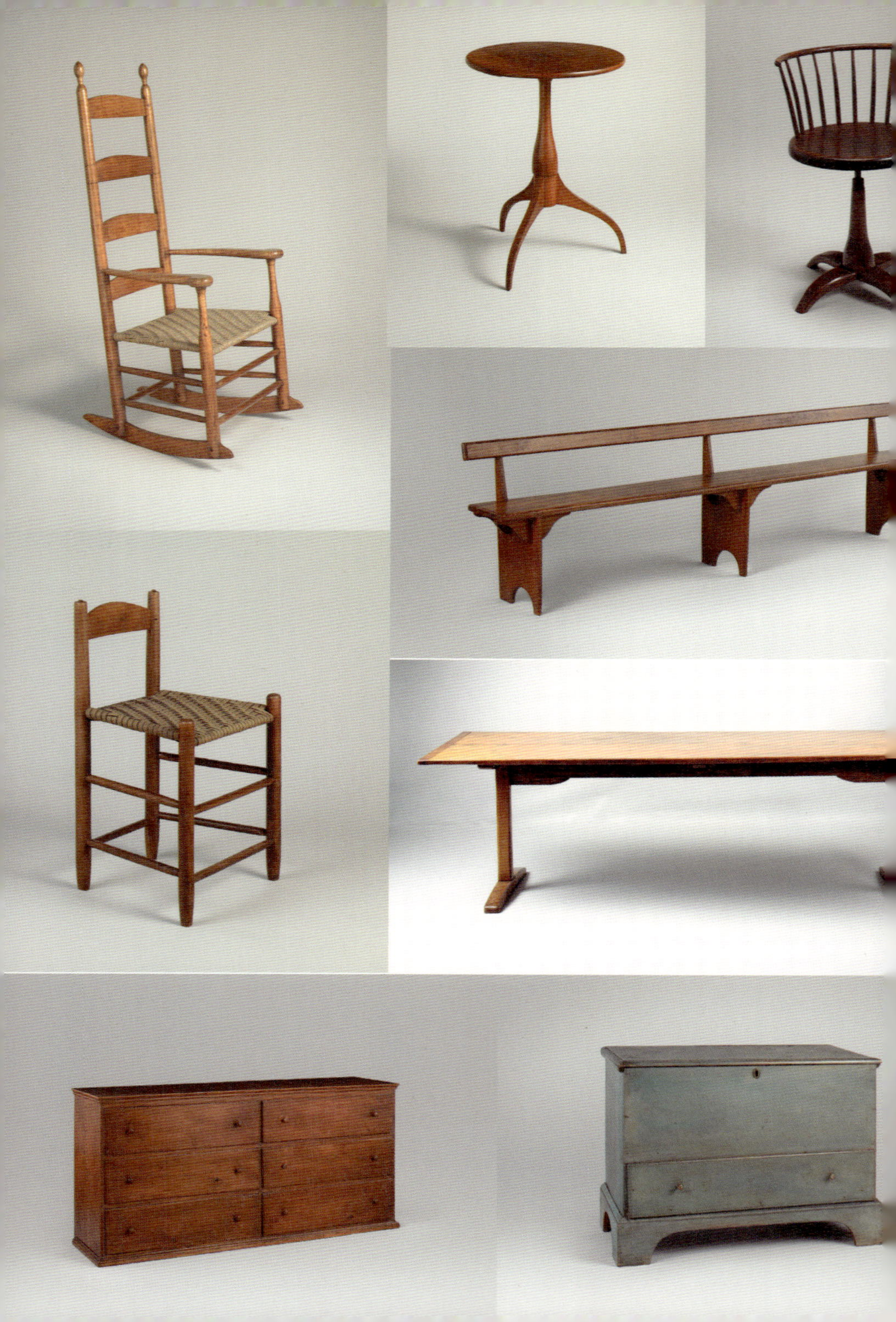

震颤教设计与生活家具

他们的新的生活哲学。

在她的理想国里，财产是共有的，男女是平等，人们互相谦让，积极勤奋。为了追求与外部世界的完全脱离，她带领理想国的人们建造了属于自己的建筑，并设计和制作自己的家具和生活物品。震颤教所有的建筑、家具及其布置，都是为围绕功能性和永恒性为目的而设计。震颤教社区也都是自给自足的，他们编织地毯、篮子、制作家具，用来出售，平均分配销售的利润。

震颤教信条禁止"世俗"的虚饰，认为装饰是外部世界的专利，并坚信对物体施加任何不必要的修饰和装潢都是有罪的，而这样的观念转移到家具设计上，即是讲求简单的线条和整齐的外观，就连使用的素材及设计的结构都是以简单、干净、轻盈为考量。追求"灵魂的纯洁"的震颤教的信徒，用智慧和双手表达着自己的生活哲学。

他们大范围生产多种简洁、功能优越的物品，逐渐使简洁的家具设计得到了大众普遍认可，并且很快地普及起来。当时，他们的家具产品已经遍及美国各地了。

美源于整齐与秩序，最大的美在于和谐，最实用的也是最美的。震颤教遵从着自己的设计原则，以它的简洁、朴素的态度，把最大的想象空间留给了使用者。当一件作品将形态、线条、结构等元素都抽离后，只剩下人与材料之间的对话，这才是真正考验工匠或设计者的时候，因为他们如何将材料处理到极致，让所有人体会到感动，才是设计的精神与价值。震颤教的教徒们做到了，这个具有乌托邦性质的禁欲的宗教，按照自己的追求，创造了很多经典的产品,这些产品对全世界的设计都产生了一定的影响。直到现在,都有不少欧洲设计师和日本设计师到美国震颤教的遗址来学习和研究,并将它们的元素和精神运用到现在的产品里,大家经常说性冷淡的产品大概就是来源于此吧。

我们现在最常用的笤帚就是当年震颤教改良的。

我们常说的笤帚,基本上是用在室内的,大部分是用高粱制成的,也有用棕丝的,现在最多的是用塑料丝做成的。而扫帚比

早期的扫帚

笤帚大一些，一般是用高粱穗或竹梢，基本上在室外环境中使用。

　　19世纪早期，震颤教教徒把大家一直使用的圆头的笤帚变成平头了。因为震颤教的教母Ann Lee告诉她的追随者，"扫干净"指的是不仅要扫净家里的地板，而且要扫净心灵的地板。

　　在19世纪前，扫帚像现在我们使用的毛笔，是尖头的。扫地的时候与地面的接触面积小，很难把灰尘清理干净。震颤教的教徒把这个"毛笔"从中间截开，变成了扫帚现在的样子。

　　那时候，大部分笤帚都是在自己家中制造出来的，原材料也是人们把手边的材料（无论什么，只要能用就成）绑成一捆，再用绳子或亚麻线绕在木棍上，一把原始的扫帚就完成了。

　　18世纪，英格兰地区开始了专业化的笤帚生产，工匠们从当地盛产的桦树上获得枝条，进行修剪后，将它们绑到木棍的顶端上。而当代笤帚制造业真正的兴起，与一种被称为"高粱"的农作物的大量种植密切相关。这种抽穗草（高粱秆）最初除了作为饲料别无他用。在1797年，一位叫迪金森的农民用这种作物来给他的妻子做了一个扫帚，而多做出来的就送给邻居。人们发现他的扫帚——一个高粱圆束绑在一个棍子上，比之前的更耐用也更好用，于是这种扫帚在当地很快畅销起来。

　　19世纪早期，震颤教教徒制作了平头笤帚。他们的信条认为美观以实用为基础，能圆满地符合设计目的的任何事物都可以称之为完美，因而他们也因自己的手工制品而被尊敬。震颤教的介入，这是在笤帚机问世后，笤帚发生的唯一重大变化，这种改变虽然简单却十分巧妙。人们不再将高粱绑成一个圆束，相反，人

震颤教改造的扫帚

们开始用钢线固定纤维，用钳子弄平它们后再将它们穿紧。这样的处理使笤帚成为一个优越精良的清洁用具。平笤帚同时增加了对笤帚动作的控制和它的表面积。震颤教教徒同时也发明了小掸子，非常适用于单手除尘和清扫更高的地方。这样的设计直到今天仍是所有笤帚的选择。

记忆的原型

　　瓦格纳的老师卡尔·克林特也深深喜欢着震颤教家具，受到它的影响。

　　这个对北欧家具设计的发展影响深远，甚至制定了 20 世纪整个北欧家具架构的人，也是包括瓦格纳在内的，丹麦数位被称作大师级人物的老师，而卡尔·克林特（kaare klint）除了积极

卡尔·克林特（kaare klint）设计的 church chair

改良传统，强调传统家具中材质、结构与比例的同时，他相当崇尚震颤教，并将它的精髓运用于自己的设计中。在卡尔·克林特（kaare klint）设计的church chair中的梯背和直线中，可以明显看到震颤教椅的影子。受到老师影响的瓦格纳，也在他的设计中运用了震颤教的元素，所以西方有不少人认为震颤教家具是丹麦现代家具设计的原型。

美国人大脑中对震颤教家具的记忆和使用经验，让他们瞬间接受并喜欢上了带有震颤教的元素的北欧家具。而美国人又把对北欧家具的喜好，带到了太平洋上的岛国日本。

整整转了一个大圈，东方鲜卑带着东方的文化，沿着桦树皮文化带，西迁到北欧半岛，北欧的海盗在完成了对英法的掠夺的同时，带回了英法的文化，而震颤教的教徒们，带着英法文化跨海到了美国，而北欧的设计又吸取了震颤教的元素，设计出了美国人喜欢的家具。

现在看来，任何一种文化都无法孤立地去对待。伴随着人类的繁衍生息、四处迁徙，文化始终像那朵看得见却摸不到的云，跟随着人们，不断碰撞着，不断纠缠着，不断融合着。这种联系，是我们人类整个繁衍进化和生长生活的过程中，储存在大脑里的记忆和经验，是人的最底层的潜意识部分所产生的影响。

记忆很多时候不仅仅是个人的，它可能关乎一个种族，一个国家，一个区域。记忆在人类不断的迁徙中，被不同的文化拧成了一股剪不断的绳子。

卡尔·荣格说："在人的内心最深处，一定拥有一个超越所有文化和意识的共同基因。"这应该包含了人类的漫长进化历程和这个过程中，所有的生活经历所产生的记忆和经验。

我们每天接触无数的事物，这些事物承载着很多的信息，这杯水烫吗？这个葡萄酸吗？这个地方能坐吗？这些信息通过视觉、触觉、嗅觉、听觉这些感受，传递到大脑的前额叶。

大脑的前额叶主要作用于人的思维活动与行为表现，它负责记忆、判断、分析、思考和操作。当我们遇到一个产品的时候，我们的记忆和经验，往往会被产品上面的某些信息唤醒，也许是产品的形态让我们产生联想，也许是产品的色彩让我们赏心悦目，也许是它让我们觉得似曾相识或者似乎用过。这些判断往往来自我们的感性认知，来自我们大脑已经储存的记忆和经验。

各种经历所产生的经验、记忆及信息被注入我们的基因中，并被储存起来，而恰恰是这些把我们与世界上所有事物联系了起来，包括事物的形态、颜色、材料……这就是我们常说的感觉，感觉是人对事物现象的直觉认识，是人的感觉器官对事物表面的、具体的、直接的、个别特性的最直观反映。

我们常说有感而发，当我们感知的事物与大脑储存的经验吻合的时候，我们就会欣然接受了。这种依靠基因所赋予的经验，对事物产生的潜意识感知行为，就是心理学家卡尔·荣格在人格分析心理学里所提到的"原型"。

1913年，卡尔·荣格在与弗洛伊德合作六年之后，分道扬镳，创立了荣格人格分析心理学理论。在荣格看来，心灵或人格结构是由意识（自我）、个体潜意识（情结）和集体潜意识（原型）等三个层面所构成。

其中的原型，是集体无意识的主要内容。它指的是人类发展过程中，世世代代活动方式和经验储存在人脑中的痕迹。

卡尔·荣格所说的原型，是人脑中一个先天遗传的潜意识意象，而不是人后天形成的经验和记忆。它没有一个具体的形式，但是这些潜在意象的发展和显现完全依赖于个人后天经验。后天经历和体验越多，潜在的原型得以显现的机会也就越多。通过遗传，每个人都可以从他的祖先那儿继承原型，原型是人脑形成具体意象的基础。在形成具体意象前，它是具体意象的构成方向。它深深地埋在心灵之中，是集体潜意识中形象的总和。

设计中，找到集体意识里的原型，回到原点，寻找事物的形态和样式的真正内涵。寻找人和物之间的关系，找到使用者潜意识里最熟悉的意象，再运用到设计的产品中，这样使用者和产品就会变得亲近起来了。

就像每个人的记忆里永远有一把椅子一样，那是我们蹒跚学步的时候的另一条腿，也是我们当作木马的玩具，也是我们爬到碗橱上，解决好奇心的梯子。

在椅子产生之前，坐的行为已经出现。我们席地而坐。大地平坦、安全、支撑的意向，唤醒了我们基因内的原型。在野外玩，一块大石头，一棵倒在地面上的树都会让我们不自觉地产生坐的动作，都是来自我们人类漫长进化过程里的基因里所留下的原型。

当椅子以坐的功能出现的时候，却又被我们赋予了更多的功能，椅面本来是用来坐的，却被我们发现也可以放书或放别的东西，椅背本来是被倚靠让我们更舒适的，却常常随手把衣服或包挂在上面。这种下意识对周围环境的感知并且身体做出直接反应，时时刻刻都在发生。

在机场或火车站，我们会坐在行李箱上；在郊外，我们会坐在草堆上；包括我们在等人的时候，经常会倚在墙上。

放学的操场上，我们坐在双杠上，看着教学楼围起来的天空；坐在自行车后座上，讨论着回家的路上去哪里玩；走累了，我们会坐在马路牙子上；在沙滩上，我们会脱下拖鞋，坐在上面。

每个人都可能选择不同的材料去坐下来，而被选的物体本身往往不是椅子，但之所以后来这些各种形式的物体被叫做椅子，是因为椅子本身是表达坐的关系的符号。

承载着各种故事、不同造型、不同年代、不同材料的椅子，展现在我们面前，让我们意识到，椅子不仅是表达坐的关系的符号，同时也变成了表明自己对生活的态度的载体，更具备了身份识别甚至身份划分的功能。

仿佛梦境倒映出我们内心的映像一样。原型是一个模板，是人类发展过程中，世世代代活动方式和经验储存在人脑中的痕迹。那种感觉就像我们发觉自己站在一个房间门口，虽然从未进入过这个房间，我们却仿佛看到了温暖的灯光下沙发的样子。

对于设计师阿恩·雅各布森设计的蛋椅来说，根本不存在鸡生蛋还是蛋生鸡的问题。

雅各布森的蛋椅的灵感来自鸡蛋的优雅和美，也来自人对母体的安全感。这个就是原型意象的作用，使用者在鸡蛋这个母体原型里找到了安全感。1958年，阿恩·雅各布森为哥本哈根皇家酒店的大厅以及接待区设计了这个蛋椅，在嘈杂的公共场所开辟一个安全、不被打扰的空间——特别适合躺着休息或者等待朋友，整个感觉就跟家一样。

听听阿恩·雅各布森自己的想法吧，蛋椅的设计是为了欢迎游客到哥本哈根的皇家酒店的大堂，让他们觉得即使是穿越了半个地球也能找到家的感觉。

原型在被我们意识到它存在的时候，已经被赋予了非常多样化的内容。

鸡蛋的原型意象拉近了我们和蛋椅的距离，让我们产生了通感，产生了坐在里面很安全的感觉。蛋壳保护着蛋黄，鸡蛋也可以孵出小鸡，这是一种印象式的意象，呼应着人对母体的感情。

某种意义上，躲在蛋椅里的感觉，更像是小时候躺在摇篮里的感觉。

生活中还隐藏着很多引起我们共鸣的原始意象：出生、死亡、智慧、英雄、大地、母亲的原型，以及许多自然物的原型：树林、太阳、月亮、动物……一个特定的原始意象往往会引起我们的共鸣。

每次走夜路的时候，都会不自觉地哼着歌，或者和自己说着话。也许是因为害怕吧，而这种害怕，往往来自认知经验的误

阿恩·雅各布森设计的蛋椅

判。周边失去光线所描绘的轮廓，让我们无法辨识距离、空间，光线消失导致边界的模糊，使周边未知的边界被无限放大了，参照物也在我们心里无形地放大了，使我们的自身呈现出更加渺小的感受。我们走进了茫茫的夜色，原有记忆和经验的判断失去了标准，这个时候，在潜意识里，声音是可以无限放大和传播的，于是，我们选择了说话、唱歌，希望把我们自身无限放大，试图来抗衡那无边的黑夜。

这整个过程，完全来自我们先天的潜意识意象，及我们记忆和经验的原型。仔细分析起来，我们发现，原型让我们找到了一条返回人类思考过程的路，是人类感觉的最深源泉、最根本的基础。

遍布灰尘的"小教堂"

达利有一个雕塑作品——抽屉人。四排抽屉构成了女人的身体,有半开着的,有全部打开的。雕塑的左手举起,似乎是在拒绝和禁止着什么。右手支撑着地面,低垂着的面庞和凌乱散开的头发,充满了绝望和痛苦。

家里的旧柚木抽屉柜

"对封闭空间的强烈好奇心是驱使人们打开抽屉的原因,只有打开抽屉才能满足探索未知世界的渴望,也只有打开了抽屉,方能消解对未知物可能造成伤害的恐惧。"对于抽屉,达利有自己的解释。

抽屉对我们意味着什么？抽屉里藏着的又是什么呢？这种私密空间的探索让人着迷，这似乎跟自我认知是联系在一起的。我们很多时候根本不了解自己，或者认知的自我是有偏差的，而通过观察自己的行为，观察自己的空间，来认识自己就可靠多了。语言和情绪都会欺骗自己，欺骗他人。行为和私人空间却能让人暴露无遗。

拉开抽屉，看着随着时间累积下来的繁乱，有一种想一倒了之的冲动。可是，当开始一点一点地整理，一件一件地选择是否要丢掉的时候，自己却陷入了失去的恐惧，到最后，可能也就扔掉了几张无足轻重的废纸或杂物，关上抽屉，获得内心的平和。可是，除了占有的欲望和宣示主权，我们真的想过，哪些物品应该舍弃，哪些应该留下？存放在里面的一些物件，可能不过是我们以活着的状态为名义，让它们慢慢等待死亡，等待被丢弃的那一天来临罢了。

如罗兰·巴尔特所说，任何抽屉的功能，都在于使物件于一个虔诚的场所，即一处灰尘遍布的"小教堂"里，度过一段时间之后再使其慢慢死亡或者适应死亡。在这个场所里，人们以保存其活着的状态为名，为其安排着抑郁垂死的恰当时间。

生活中，每一个放进抽屉的物件，又何尝不是打上了"我"的标签呢？因为各种缘由，抽屉构建的这个秘密空间，一处遍布灰尘的"小教堂"就这么建立起来了，存放着属于我们不愿舍弃的、充满虔诚的物件，也可能有用的，记忆的，快乐的，不假思索的，不能让人知道的……

一种强大的、无法挣脱的力量压迫过来。抽屉对我们意味着什么？抽屉里藏着的又是什么呢？ 我想，可能是我们很坚定，甚至潜意识认定属于我们自己的东西吧。当别人拉开抽屉，公之于世，见了光，强烈的恐惧和畏惧，让我们好像害怕要失去什么。按照弗洛伊德的精神分析说，这些抽屉和屋子、隧道、容器等物体一样，都因为有着被填充的需要而成为女性潜藏的性欲的象征，即"欲壑"，也代表了人的潜意识。

我们会不惜一切，用语言、情绪、行为，来掩饰和遮蔽。让这个抽屉无法打开，或者再次关闭，保全我们完整的躯体，捍卫自己的拥有。一旦抽屉合上时，那里面的秘密，不再会得到关注，在我们内心这个虔诚的场所里，落满灰尘，这是除了我以外的人的禁地。

小时候，好奇地看着家人打开、合上抽屉，有时还要上上锁。自己拥有的第一个抽屉，是我的一张书桌，是父亲照着木工图册，就那么一点一点地琢磨着做出来的。自从有了自己的抽屉，一直会把一些有趣的物品放在里面。渐渐地，抽屉堆满了，繁乱起来：在河边捡来的有着奇异图案的石头，随手的涂鸦，朋友送的小礼品，专属的相册，一些文具，等等。家里没人的时候，自己拿出来玩，捡到玩意的惊喜，摩挲的快乐，都从记忆中跳出来了。

当然，在混乱中，夹着自己的日记，以及从同学那儿借来的小说、漫画，和女生送的节日卡片和小纸条。繁乱是为了掩藏秘密，因为抽屉没有锁。虽然偶有被翻过的痕迹，但习惯性的，还是会把一些自己觉得好玩的小东西，藏在那里。

　　抽屉是一个封闭的私密空间，会有一种安全感。如果有时发现自己偷偷做的标记发生了大的变化，会从椅子上弹起来喊上一嗓子，谁又翻了我的抽屉了？答案自然都明白，无非是想给他们一个警告，抽屉是我的领地。

　　关着的抽屉，似乎对没有打开的人们，都充满了强烈的好奇。小孩子，特别喜欢打开抽屉，虽然是好奇心驱使，探寻渴求的未知，而他收到的信息是，不可以，这是没有礼貌的。抽屉是我们每一个人的隐私，我们也在尊崇这样的道理，传递给未来。

　　抽屉是空的，似乎提醒我们有一个地方可以储存想象。也像我们遇到的每个人，就像无数个抽屉，你不知道里面装着什么，拉开之后，都是满满的意外和惊喜。

亮闪闪的木屋

人的潜意识里，很容易自然地制造象征。尤其是当事物所隐含的东西超过显而易见和直接的意义的时候。

无印良品的 CD 机，极简的外形，使人看到就会想起家里挂在墙上的排风扇，下垂的电线像小时候家里的灯绳，从而马上就下意识拉动电线，主机部分开始像排风扇的叶片一样转动，而本应该出来风的排风扇的密布的孔，却发出了美妙的音乐，这一切就在看似无意识的感知下产生了惊喜。使用者和产品之间的距离，大大地缩短。

原型像吸铁石一样，把与它相关的经验吸引到一起，使每个人直接地从内心深

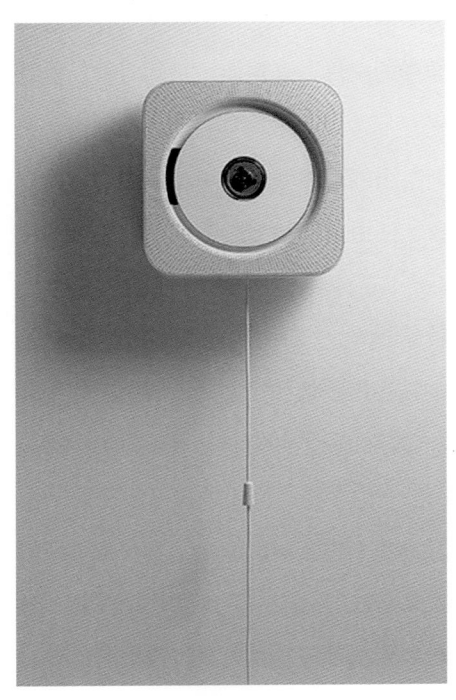

深泽直人为无印良品设计的 CD 机

处创造视觉象征。"这个好像我在哪里见过,这个好像我用过,这个像小时候爷爷坐的那个沙发",凡此种种从产品中得到的意象,才是使得产品和我们紧密不可分割的原因。

产品隐含的信息激活了我们的原型意象,也使得物品超越本身的价值,成为我们生命的一部分。

一个看过我们家具介绍的读者,用一篇日记写下了他的感受:这些家具冥冥中让我想起来我做木匠的爸爸。看着那些既熟悉又陌生的日常家具,有种亲切、怀念的感觉。想起了早上起来,和弟弟一起在满是刨花的地上找鞋的经历,想起了放学回家,一地的刨花和带着猪皮膘的难闻气味的房间。虽然爸爸是一个木匠,家里却没有一件像样的家具,直到他结婚的时候,爸爸亲手为他打了一套家具……

很多时候,当产品里的某个细节触动了使用者的内心,使用者就会按照自己内心的想象,任由自己的情感流淌。这个细节就是原型。

2014年,我在北京做了迪特尔·拉姆斯(dieter rams)的产品展。迪特尔·拉姆斯是我的偶像,这个当代简约设计大师,从大学的时候就一直痴迷他的设计。幸好得到德国WELTERKNOLL家具中国公司的支持,愿望才得以实现。

当展品被运到北京时,心里有说不出的喜悦。从一点点地拆开包装,到小心翼翼地拿出来摆好的过程中,始终心在狂跳。那种心情真的无法形容了。当我拿出他设计的T3收音机的时候,惊奇地发现,苹果的第一代iPod和它太像啦。

迪特拉姆斯设计的 Rocket 收音机

　　是巧合还是故意为之？还是苹果的设计师希望通过人的记忆和经验，与产品建立密切的联系？我想应该是后者吧。iphone 手机的倒角，也学习了迪特尔·拉姆斯当年为博朗（Braun）设计的计算器的倒角，包括 G5 计算机的开箱方式，以及表面冲孔处理也都学习了博朗的产品。

　　一个好的产品是由很多因素组成的，但最关键的是它是否能瞬间吸引使用者。

迪特拉姆斯设计的 SK4 电唱机

迪特尔·拉姆斯通过他的设计做到了，难怪他在接受采访的时候对记者说：他做的事只是把 A 到 B 的距离缩短到最短，这里的 A 是使用者，B 是产品。苹果的设计师也是希望达到这个效果吧？所以，从产品的形态、材料，包括使用习惯都从使用者的记忆和经验出发，拉近使用者和产品的距离。

也难怪他喜欢开保时捷 911，因为他觉得这个车能让他最快速地完成 A 点到 B 点。

喜欢迪特尔·拉姆斯设计的被称作水晶棺的 SK4 电唱机。拉姆斯在接受采访的时候，笑着对采访者说："它像一个亮闪闪的木房子。"好美的比喻啊！拉姆斯为它们创造了语言，这个语言恰恰是我们对家的美好想象。这个亮闪闪的木盒子发出的声音，不正是家里各种声音组成的协奏曲吗！这个协奏曲在暖暖的灯光下伴奏下，在木房子里飘荡着。

情不知所起，欲罢不能

遇到安藤雅信的白釉小杯的时候，很平淡也很安静，拿在手里手感很温润。翻看杯子的足底，才发现杯底是涂釉烧制的。也许是好多人没有注意这个小小细节，这样做不仅让人手感温润，还可以防止杯底摩擦桌面，而且因为完成了整体封釉，可以快速晾干，不易发霉。

这种方法在中国叫满釉烧，宋代就已经有了。

所谓满釉，通常就是指器皿的底挂满釉烧制。陶瓷上的釉在高温时候熔融，会变成硬度高的半透明玻璃质物质，如果挂满釉直接入窑烧制，一定会使器皿粘在窑里。所以很多时候，器皿的底部是不挂釉的。后来人们为了使底部挂满釉，就发明了支钉以便解决这一问题。把器皿挂满釉，底部放一个支钉支撑，完成支烧。虽然釉也会粘支钉，但是支钉毕竟面积小，待出窑之后，用东西敲下去就行了。这样烧制相对费一点事，底部满釉的器皿通常会有支钉痕迹，但却提高了瓷器与人的整体触感。

现在的日用陶瓷已经很少这样烧制了，为了快速、大量地生产，大家都希望用最简单、最便捷的方法，我们似乎也逐渐习惯了这样量产的产品了，润滑的釉面和磨手的陶土交织在一起的感受也就习以为常了。

满釉的这个小细节，看似很不起眼，却通过手指的触摸，瞬间拉近了我们和杯子的距离。我们眼里陶瓷那种干净、冰冷、素净的感觉，在去拿杯子的瞬间，被这杯底的一丝润滑柔化了。

摩挲间让我们恍然大悟，明白了作者的良苦用心。身体的感觉是敏感的，这种敏感往往来自我们的经验和记忆，往往是无法用语言来描绘的。那种触感像一块丝绸轻抚在脸上，也像在轻轻地抚摸爱人的手。

白釉茶杯与茶壶

  人的感觉很奇妙，一个味道、一种温度、一种触觉的任何微小的变化都可能会影响人的感官反应。一些细节的感受，往往影响了我们对一个器物的判断。每次推开咖啡店的门，一定会闻到那诱人的咖啡香味，伴随着那研磨咖啡豆的声音与制作奶泡的蒸汽声，让人实在无法忍受了。好的咖啡店就是这样，用味道、声音构建的圈套，引诱着每个喜欢喝咖啡的人。

  我熟练地告诉店员，一杯美式咖啡，3份，不加糖不加奶。之所以只选择美式咖啡，是想尽量减少人为因素对咖啡的干扰。因为每个咖啡师对咖啡的理解不一样，做出的咖啡味道也不同。而每个人的内心，都有一杯好咖啡的标准味道。

  时间长了，通过闻到的味道便可以判断出一个咖啡店的好坏了。遇到真正专业的咖啡店，一定会要一杯意式浓缩咖啡。

  站在柜台边，心中默念着意式浓缩咖啡黄金法则：分量8克，水温不能超过92°C，杯子温度应在70°C～76°C之间……看着店员在热过的杯子里倒入那浓香的咖啡，真的有点迫不及待啦。一切过程像一次考试，注视着店员的每一个动作，每一个步骤，因为只有动作对了，步骤对了，才是我心里的那杯意式浓缩咖啡。

  轻轻地用手指捏起咖啡杯，整个房间里都是那个熟悉的味道了，一口喝下去，周遭瞬间变得香浓起来。新的一天也在这杯咖啡中开始啦。

  同样，茶杯杯底的浅浅的一层涂釉，也把我们的感觉激活了，作者那种直接的世界观，对器物的态度以及对生活的态度，在这个杯子的映衬下，逐渐清晰了。我们不禁要问，这应该就是我用的杯子吧，这不就是我们想要的生活吗？

底足的微妙变化，开启了我们大脑里的美好影像，整个器物的制造过程浮现在我们眼前，我们开始想象在什么天气里，什么地方，和谁一起，用这个小杯喝着什么样的茶，会有什么样的香味……所有的一切，恰恰是那个小小的细节激发的。

当使用者通过产品开始构想使用时的美好情景的时候，产品和使用者的距离也被迅速拉近了。人的认知过程其实是运用已感知的信息，来提出假设，然后通过行动来验证假设的过程。

看到冒着蒸汽的水，视觉的经验告诉我们，水是因为温度高而散发的蒸汽，但经常还是会不自觉地摸一下水杯，希望利用触觉来验证视觉的判断。身体通过对周围环境的感知，会下意识地做出直接反应。

走进一个黑暗的空间，我们一般不会随便乱摸乱撞，而是安静下来。声音、气味或者触觉，这个时候会被放大，我们会利用感觉的每一个发现来对这个环境做出各种假设，并且通过行动来印证。

脱离了感觉器官的体验，任何事物都进入不到人的脑子里，只有当各种各样的感官印象在我们头脑中互相联系起来，我们才能建立起对外部世界的感知意象。

融合欲望，触动灵魂

产品所具有的信息是通过人的感觉来感知的，通过视觉、触觉、听觉、嗅觉，我们在产品里寻找着能引起我们共鸣的东西。

这是大脑经过唤醒、比较、认证、选择、接受的过程。大脑会迅速把熟悉的信息和陌生的信息分开，然后开始对陌生的信息进行选择和比较，这时，原有记忆中相对熟悉的部分被唤醒，最后才会认可这件产品。

当使用者在产品上发现他似曾相识，似乎使用过，似乎会用的情况下，他就会迅速地接受这个产品。这是使用者通过感觉和知觉的组合，在大脑中进行的一种信息再构筑过程，也是人对产品产生回声的形成的过程。

人面对一个陌生信息的时候，一定是陌生信息里有一个熟悉的信息吸引着他接受，而这个过程一定要经过大脑对信息的认证、选择、比较。而最初的第一步是什么？其实我们每天接触无数的信息，无数的信息其实都是通过感官来接受的。当我们接受信息的时候，一定是被其中的某个东西激活，然后充实到自己的大脑里的一个过程。

生态心理学家詹姆斯·吉布森用 Affordance 这个单词，很好地诠释了使用者、环境、行为三者的关系。Affordance 是指环境中物质提供给动物的意义与价值。它包含两个含义：一个是人与物的关系，一个是符号、标记。

一个杯子上有人和物的关系，也有提示人反应的符号，也包括了产品上的各种信息符号。比如杯子的形状，杯子的把手，会提供给我们很多的信息，它的高矮对盛水量的影响，它的杯沿和嘴唇的舒适程度，如何去拿取，这些是储存在我们的记忆和经验里的。

诺曼·唐纳德在他的《设计心理学》中对使用者与环境、行为之间关系进行了解释，一个物体所具有的某些特性所形成的视觉线索，如何被用户感知物体所能够提供的功能和用途的过程，国内将它翻译成"可视性"。而我个人觉得，把它称为"回声"更贴切一些。

每个人都在有意识或无意识地寻找自己的"回声"，这个回声就是人与物之间最原始的关系。

所谓触景而生情，所以欲罢不能；睹物而思人，所以不能自已。"一千个读者就有一千个哈姆雷特。"在日常生活中，在不同的器物和情景面前，什么是美？什么最珍贵？一千个人会有一千种答案。对于形态、色彩、材料而言，每个人都有着属于自己的记忆和经验。这些隐含在器物里的细节、结构会通过个人的感觉，被重新组合和重新定义着。

每个人都会根据需要找到合乎自己内心需求的特质，并依此创造出个人关于美的独特感受。当双手触摸器物的细节的时候，那种亲近的感觉就油然而生了，应该是遇到老熟人的那种感觉吧。这些细节未必起眼，但是在触碰和使用的过程中能不断带来一些"原来如此"的小惊喜。

有一种牙签，末端是凹槽状的，用的时候，把后面的凹槽掰下来，一方面，它可以作为支架，把牙签支在桌面上，安全卫生还不易滚动。另一方面，也能很好地区分是否被使用过。在Objectified的纪录片里，看到它的设计者介绍的时候，会心一笑，我用对了。

末端有凹槽的牙签

很多时候，对细节的计较也是对生活态度的计较，对内心的计较。

好的设计就在这个计较中，完成了功能性与审美性的平衡，让你会心一笑。而且一定是非常简洁而没有太多的元素干扰，不包含太多的复杂信息而易于理解，当你看到它时，便会喜欢上它；当你触摸到它的时候，有一种愉悦的质感；当你在使用它的时候，它给你带来一种享受。

良好的感觉是吸引使用者的第一步，形态的吸引、色彩的喜欢、舒适的触感都刺激着使用者的感觉，在感官的愉悦的基础上，使用者才能进一步在使用过程中形成对产品的认知。而好的设计，应该可以让使用者顺着自己的想法，透过器物的组合及使用方法去创作属于自己的美好内心世界。

通常，设计者设计的产品，会被不同的人在不同的地区使用，设计者无法面对每个使用者去描述他的设计理念、设计构思。如何让使用者在看到产品时候就能明白设计者的意图、想法，找到熟悉的一点点呢？很多时候，只能依靠器物与使用者的瞬间对话，通过使用者对形态、色彩以及由此感知到的背后的故事和情感，来完成彼此的相识相知。

好的设计，融合欲望，触动灵魂。如果一个产品能唤醒人的某些记忆或者思想，让使用者能感受到设计者对器物的细节，结构的美，以及它所传达出设计者对生活的态度，对生活与空间能否呈现出自己喜欢的氛围，甚至对自身产生使用意义和用途。那么，设计者和使用者之间的距离，通过器物的连接也就烟消云散了。

这是藏在使用者内心的回声。设计最重要的一点，是要找到能够唤起人们产生心灵共鸣的切入点。因为设计本身就可以传递有价值的信息，好的设计一定有心理暗示隐藏在里面。

每个人都会直接从内心深处创造属于自己的视觉象征。椅子必须让人感到放松的，床必须让人感到舒服，玩具要好玩。毫无疑问，要通过设计来传达这些具体产品给人传递的感受，但是，如果要用心去设计，设计者首先要发现产品的灵魂，使用者的回声。很多时候，产品的灵魂是把心融入产品的一个主要成分。

那么什么是灵魂？如何把灵魂融入产品中？遗憾的是，关于灵魂没有公式。

有灵魂的产品可大可小，可便宜可昂贵，可简单可奇特，可优雅可奇异，但是你不可能去测量或者通过流程图的方式去诠释灵魂。英国的管理先驱查尔斯·汉迪曾经说过，"灵魂就像美一样，当你尝试着去定义它的时候，它就会像水汽一样蒸发掉，当你遇见它的时候，就能立刻把它认出来"。由灵魂设计出来的产品会让人很容易爱上它，并让人们在这个平庸品充斥的市场上去不断追寻它。

有我之境

每次逛街都是在一种有目的地寻找和无目的地偶遇中度过的，逛街其实是梦想和欲望的一个表现方式。很多时候，我们回答不出来我们想要什么，但是当看到的时候，我们就会知道"啊！这是我想要的东西"。实际上，我们知道自己内心想要什么，却往往表达不出来。

究竟是什么吸引了我们，或者打动了我们？当我们很冲动地去买一个产品，或者是特别喜欢这个产品的时候，一定是有什么东西触动了我们。

当越来越依赖物品来感知现实世界、确认身份和位置的时候，消费者永远只消费一样东西：梦想中的我。所有的商品需求都带有一个基本属性：通过拥有，来构建自我，也就是说，通过消费一样东西，让自己和别人觉得自己是个什么样的人。

很多时候，我们在选择产品的时候，受众就是我们自己，不需要取悦谁，除了自己。现在想想，已经有好几年没有进过NIKE店了。回想起大学时用打工赚的钱，买了第一双NIKE鞋的那种狂热，现在已经不复存在了。直到有一天，看到NIKE的一个广告才恍然大悟，一个小男孩旁若无人地冲着墙在撒尿，背景是大大的NIKE标志和那句口号"JUST DO IT"。想做就做，毫不在乎，正是我们大学时候的态度啊。

我们当时狂热地迷恋，其实是因为它是一个代表我们的符号。我们选择的是我们自己的感受，因为产品能够反射出我们强烈的个人信号，这个能代表我，是属于我的！

很多时候，我们在选择器物的时候，其实真正的受众正是我们自己。很少有人在乎你用的水杯是白色的还是黑色的，而恰恰是我们从这些器物上看到我们自己的形象，我们选择的是我们自己的感受，因为器物能够反射出我们的强烈的个人信号，那就是属于我的！那些有意义的东西真正地反映了真实的你，你的个人点滴。

美国认知心理学家唐纳德·诺曼在《情感化设计》里从三个层面解释了这个问题：每个人对产品的认知都是从感性反应，我想拥有它开始的，而后才是实际操作层面，它不难用嘛，最后是品牌效应层面，因为那个关系我的个人形象。一旦到达品牌效应层面，人们就会愿意为这个产品或者服务付更多钱。

所以，当一个产品或者品牌存在着我们个人认同的信息的时候，我们就会产生拥有它的欲望了。

曾经听说过英国地铁的故事。很多年以来，尽管伦敦街道越来越拥挤，停车场越来越难找，空气污染也越来越严重，但是地铁的使用率却在逐年下降。

交通主管部门意识到他们必须想办法让大众重新回归这种大众的交通形式。于是一系列的改造工作就开始了，地铁的空间环境得以清洁，车厢中安放了音响系统，新安装了咖啡厅，乘客们可以轻松地喝咖啡，也安装了餐车，提高了整体效率和可依赖性。

所有这些改造都在媒体上大肆宣传：我们能让你更快速度地去上班！结果呢？根本没有大的变化。尽管做了这么多改造，乘坐率还是萎靡不振。

一番小规模的市场调研和客户交流之后，当局者改变了宣传口号：我们能让你更快速度地回家！乘坐率于是有了天翻地覆的变化！

为什么？同样的列车在同样的铁轨上每天沿着同样的方式来来回回，但是新的市场诉求方式却成功了，因为它触动了人心。人们在乎以更快的速度回家，回到家人身边，回到他们各自的生活里。按时上班是自然而然、天经地义的事情，但是早点回家却是一种赏赐，是内心的欲望。

一个设计总是停留在表层是不会得到大众的认可的，只有真正深入人心的东西才不会被抛弃。

生活中，我们每个人背上都有一个沉重的包袱，设计就像是手电筒散发出的光束，虽然微弱，却足以让你看见前进的路。昨天一起看电影的时候，想象着生活在帝国时代里面；今天一起去吃饭的时候，也许想象着，那次在意大利农场晒着太阳。设计不约而同地为我们勾勒出了一幅幅的画面，会让我们觉得那是我们想象的延伸，它说出了我们一直想说，却无能为力表现出来的内心的憧憬。

从人内心深处创造视觉象征，缩小设计者与使用者之间文化、背景和经验的差距。同时使设计者设计出能够有效体现其本身用途或价值的产品,为使用者提供明显的使用线索和准确的心理暗示,从而设计出更能符合消费者功能需求和心理需求的产品。

产品所呈现出的经验和记忆,构成了完整的知识体系。如果产品能承载着关乎记忆、影像、生活所赋予的意义,我相信这是缩短产品和使用者距离的一个最好的方法。

使用者使用产品的过程是复杂而丰富的心理过程。绝非只是考虑价格、质量、服务、外观等,使用者会通过基因、经验、自身习惯、文化背景和情绪等特点,对产品形成综合的判断和解释,在大脑中形成对该产品可感知到的功能和使用场景进行模拟解释。

每当我们看到一个喜欢的产品的时候,马上会反映出它会出现在什么位置,在什么样的环境下,和谁一起用……所有的关乎它的映像,在我们脑海里不停地闪现着。所以,很多设计灵感是来自生活,来自最本质的心理活动的。

心,有其自身动机,但动机自身并不知晓。

每个人都在纷乱的世界寻找着自己的归宿和归属,竭尽全力地为自己的心建一座庙宇。而那庙里的钟声,就是我们苦苦寻找的回声。屋檐上的风铃,在风中叮叮当当地催促着我们去找到自己内心的回声。

在风景中,我们找到自己的回声,倾耳聆波澜,举目眺岖嵚。在现世中,我们找到了回声,那便是若无翰墨棋酒,不必定作人身。在生活中,我们找到了回声,那就是触及我们心底最柔软的那种心动。在产品中,我们也应该能找到回声,那就是我们对未来美好生活的憧憬。

历久弥新的器物

对于整个人类的进化过程而言，我们每个人都生活在从过去到未来的一个完整的时间里，祖先的各种记忆、经验的信息被注入到我们的基因中，这些记忆和经验联系着世界上所有事物，并且通过器物呈现出来的。

器物是一本历史书，对于使用者，每一次面对器物都是一次品读。借着器物上留下的所有线索，感受着造物者在上面倾注的所有的情感。我们可以随意翻到其中一页，去找到自己想要看到的东西，仔细地读，那上面一定是能触碰到的岁月时光，一个微小的细节，足以让我们产生共鸣。器物是一种让我们无限贴近理想生活的道具，承载了人间相濡以沫的痕迹与温暖，承载了我们对生活的理解与敬重。

过年回娘家的时候，岳母找出来了一个她的母亲当年陪嫁的座钟。整体是深红色木质的，前面是上下两块圆的玻璃。上面的玻璃，可以看到里面白色的表盘上印着黑色的黑体数字。下面那块玻璃因为碎了，后配了一块，图案是那时最流行的人民大会堂，也正是这个图案，才在那个时代保住了这个座钟。

座钟的里面贴着一张已经发黄的纸，上面用英文写着钟的出产地和商标，用小楷写着使用说明。翻译了一下，发现这个钟是

20 世纪日本爱知县生产的座钟

20世纪初日本爱知县名古屋产的通货牌座钟。现在算起来，居然也已经有一百多年了。那时的爱知县，是个小有名气的钟表生产地区。

座钟好像很久没有用过了，钟身上的铜的装饰也很暗淡，缝隙里留着一些白色的东西。妻和我说，那是她小时候用淀粉去擦那些铜的装饰留下的，据说那样可以让铜很亮。每年的除夕夜，她都要和妹妹把这个钟擦得亮亮的。今年的除夕夜，老岳母把它找了出来，交给了我们。想必，也是想把它背后的故事传给我们。

岳母搜索着记忆，给我们讲着关于这个座钟的各种片段。她的母亲四十三岁生的她，那时候，她的母亲是个大户人家的小姐。"多亏了你爸爸把下面的那块玻璃换了，这个钟才没被砸了。"

座钟已经不能正常地走了，但把分针调到一个位置，仍然可以报时，当，当，当，还是儿时的午后，昏暗的光线下，从房间的角落里传出的那个熟悉的声音。上小学的时候，学校的大走廊里也有一个黑色的高高的大座钟，每到准点的时候，都会发出当、当的报时声，而我们最盼望的，是下午这个大钟敲四下的时候，那时候，我们就该放学了。

我和妻把这个座钟带回了北京，端端正正地摆在了柜子上。有时候，我还会把时针拨到那个能报时的位置，那个当、当的声音，还是能把我带到那些回忆中。

在漫长的使用过程中，器物造型会被磨蚀，色彩也会渐渐褪去，而使用者与器物之间，共同经历的故事与时间，寄托于彼此的依赖，构建了器物历久弥新的光景，让器物散发着熟悉的气息。这样的器物，不会因为时间的推移或是岁月的磨蚀而被丢弃，它们承载了生活中最为精致的魅力，是真正直抵人心的美。

以我观物

器物的美，是造物者和使用者在时间的刻度下，在沉默的对话中所产生的默契。

首先造它的人要用心，其次用它的人懂得欣赏，并且在使用过程中珍惜它。造物者将一件生活器物用极大的热情去完成，就如同一次与器物的畅谈。通过这个器物，把自己珍爱的材料，用最熟练的技术，仔仔细细地琢磨着，在平实中驻留着、磨练着。无意完成一个精巧的叙事过程，只为传递出对生活的一个印象、一种诗意感受。

造物者完成了器物美的第一步，他们赋予了器物的外形与性质以及功能。而真正赋予器物美的浓郁的文化的，是漫长的时间和不离不弃的使用者。每个人都一次次地通过器物，建立着自己和世界的联系。如同旅行的意义一样，归根结底是在寻找自己内心的回声。在漫步的同时，验证着自我的想法、理清思路并启发自己在生活上的感悟，完成了人的心理和环境的高度纯净化。

林语堂先生很文艺地描述了他对日用器物的感受："我相信人生一种最大的乐趣是蜷起腿卧在床上。……我相信最佳的姿势不是全身躺直在床上，而是用软绵绵的大枕头垫高，使身体与床铺成 30 角度，把一手或两手放在头后。在这种姿势下，诗人写得出不朽的诗歌，哲学家可以想出惊天动地的思想，科学家可以完成划时代的发现。"

的确，器物的选择体现着每个人的生活格调，也帮助其拥有者实现着生活的理想。寻常日用，承载着人们基本生活需要的器物，可以让每个人根据自己的视角和想象，去构建自己心中的美好景象。

"我"是一个主观状态下的虚拟词汇，只有遇到对的人或者对的器物，反射回来，才会显现"我"的真实意义。器物就像一面镜子，映射出了真实的"我"。"有我之境，以我观物，故物皆著我之色彩。"镜中的我，充满阳光也充满幻想，让我们凭借着内心的构思，利用器物，去描绘着属于自己的梦。

以器物为鉴，让我们有了选择精致生活的思考能力。面对纷繁复杂的器物，我们有了辨识的能力，不再追逐那些充满意象标签的器物，因为生活属于我们自己，在面对自己内心时，我们不需要欣赏那些虚幻的符号。简朴实用的器物，让我们的生活选择变得简单起来，被困于陌生与焦虑中的内心，渐渐地平静下来，去除那些让我们倍感压力的外壳，才能认真地审视我们内心所向，找到我们自己。

生活的本质就是变化，希望在彼此的尊重中，我们可以重新审视自己生活中的那些熟悉的器物，回到生活本身去感受日常的幸福，在流变的岁月里，不失初心。

像米兰·昆德拉说的："我们唯一的自由，是在痛苦和快乐之间选择。"希望我们永远有这个自由，选择器物的自由，选择生活的自由。

寻日用之道，出适用之器

也许是时候静下来，思考一下中国人的日用之道了。

暖水袋、搪瓷缸、雨伞和木扶手沙发，这些看似平凡的，在衣食住行中最常见的器物，承载着我们几代中国人的记忆和经验，每一个器物都记录下了每个中国人夜以继日的生活中，最真实的故事和细节，也传递着中国人的独有的生活与思维方式。这些日常器物所呈现出的一切，以及其背后的故事，构成了中国最为真实的、最为生活化的模样。

过去是这个样子，现在依然是这个样子，中国人就在这些器物的陪伴下，日出而作，日落而息。

好的器物被赋予了一种使命，它代表着逻辑性与真实性，它们提供了一种未来生活的定位。这些器物构成了一个完整的，具有独特中国文化精神内核的生活体系。借这个体系，从历史、文化、民俗的角度，我们可以完成中国日常生活中的日用器物的设计考古，从而让我们从器物的历史和文化变迁中，发现前人的生活方式和生活智慧，发现依存在我们的记忆和经验里，貌似熟悉的，其实却相对陌生的未知的东西，找到那些曾经指引着我们生活的，规范着我们生活的知识体系，这就是我们要找到的日用之道。

从我们生活中以及传统文化中，挖掘出我们生活中的良品，关注和研究人与物品之间的学问和故事，并且将之与现代生活相结合，找到针对生活问题的日用之道。并以此为依据，通过系统化的设计，做出适合当下我们生活的器物。

日用之道是我们的行为之道，也是基于我们的使用行为，而产生的抚慰和唤醒人的感受的生活之道。

寻日用之道，出适用之器。希望我们都可以安静下来，思考真正中国人喜欢和适合的器物。

生活很复杂，专注体会一件事，也许关乎一个器物，一个碗，一双筷子，一把椅子，一件家具，一道菜，一条街，一个住宅，一座城市……

也许是关乎光影、时间、材质、生活；也许关乎日常的方方面面……

重拾那些还在记忆中或者耳畔里回响着的生活哲学，与器物彼此尊重，在这个物质看上去并不匮乏时代，构建出属于我们自己对物的态度。认真而精致的生活，是我们对自己最好的尊重，也是我们对这个世间最好的尊重！

也许应该重新审视自己生活中的那些熟悉的日用器物，回到生活本身去感受日常的幸福。

后记

身为中国人，研究中国人的日用之道，找到中国人集体记忆中的影像、形态乃至思维习惯，找到对产品的集体记忆的总和，这是我们要解决的问题。日用之道的研究，是对中国传统美学和生活方式的一种继承和发扬，我们要在传统观念、传统文化和现代生活方式之间架起一座桥，并以器载道。

过分地强调历史使人陷于自恋的泥潭。对新事物的认知，其实是一个记忆与经验的再识过程。当身体通过感觉、知觉所获得新的信息，与大脑里储存的记忆和知识形成映射的时候，我们会在这个产品中找到似曾相识的熟悉和快乐，这是从生理和心理两个方向获得的感受。

很多人说，日本的这个是中国的，那个也是中国的，这个说法其实挺可笑。它是中国的，但你必须加上"曾经"这两个字，而这个"曾经"你是找不回来的，为什么？因为你没有办法让它变成你的习惯，你更没有办法让它瞬间变成你的思维模式，最后你找回来的只是一个形式，就是一个古董。这些东西在日本还留着，但代代相传之后，它的体系跟中国已经没有关系了。

但纷乱中又孕育着新的动向。运动形成形状，节奏创生秩序。从混乱当中显现出秩序，这种秩序就是生命，或称之为信息。从一种混沌状态中形成鲜明的意义或形态，在此意义上生命和信息在本质上是相同的。

我们也一样，我们坚持，我们也妥协；我们和日用的器物一起在每个时代力争存活下来，也不遗余力地展现美。亘古至今，美是一颗不死的种子，在不同的年代不同的土壤她可以开出波澜壮阔的花朵，也会像不起眼的苔藓一样装饰着突兀的山岭。它在各种各样的博物馆和展览室里，也在我们日常生活的每个角落。

写书，是一件严肃又神圣的事情，至少对我们而言；神圣来自我们对知识的尊重，对自己的尊重，和更多的对读者的尊重；坦白地说，如果我们自己尚能意淫为乐的话，对于读者我们必须负责任。在清华读研的时候，学校请当年梁思成先生的研究生潘昌侯老先生做一次关于设计的讲座。讲座上，大家听得酣畅淋漓、意犹未尽、大呼过瘾，但在讲座结束的时候，老先生却谦逊地说，他只是谈一些个人的想法，大家不要因为他的话而受影响。虽然毕业已久，但依然记得潘老先生的那句话和那种态度。以此为鉴，希望我们的文字和观点能有机会在某种契机中和大家有所交集，无需辨雌雄，相谈甚欢便好。

在学校的时候，我们坚信"设计改变生活"，使命感十足，真就是"给根筷子，就能撬动地球"。经过这些年的实践，我们知道，无论给你什么，你都没法撬动地球。这在某种程度上是个客观事实。即便如此，如果回到传统研究历史，研究人与时空、人与物和人与需求的脉络，我们还是有希望在当今社会和大家一起摸索出一条日用之道，并借此创造出属于我们的美好。

高一强　姜立

2024 年 4 月 19 日